#낫워킹맘

NOT
WORKING
MOM

#낫워킹맘

워킹맘도
전업주부도 아닌 우리들

낫워킹맘 지음

NOT
WORKING
MOM

나무발전소

워킹맘은 아닌데 전업주부도 아니라서요

모르는 사람을 처음 만나는 자리는 늘 어색하다. 서점에서 글쓰기 클래스와 독서 모임을 진행하면서 이 어색한 자리를 한 달에 한 번씩 겪게 되었는데 그때마다 어쩔 수 없이 시키게 되는 것이 '자기소개'였다. 다들 어색함을 온몸으로 표현하면서 눈치만 보고 있을 때 사회자처럼 나서서 "우리⋯ 서로 자기소개할까요?" 라고 이야기하면 일동 숨을 '헙' 하고 소리 내서 들이마시고는 '제발 내가 1번이 아니기를' 바라며 시선을 회피한다. 그러면 나는 누군가를 콕 지목해서 자기소개 시간을 시작해야만 한다. 그것이 사회자의 숙명이다. 그럼 다들 어쩔 수 없다는 표정으로 운을 떼는데 신기하리만큼 자기소개 내용이 비슷비슷하다.

안녕하세요. 제 이름은 ○○○이고요. (이름이 살짝 어렵다면 이해하기 쉬운 예시를 덧붙인다.)

나이는 ○○살이고 (대부분 나이를 소개할 때 약간 부끄러워한다.)

—

직업은 ○○○ 입니다. (내가 가장 흥미롭게 듣는 부분이다.)

사람은 다른데 자기를 소개하는 말이 이 틀에서 거의 벗어나지 않는다. 심지어 순서도 똑같다. 영어를 배울 때 "How are you?"라는 물음에 내 기분이 어떻든지 간에 "Fine. Thank you. And you?"를 내뱉는 것처럼.

이름이야 그렇다 치고, 나이도 한국이니까 그렇다 치자. 그럼 직업은 왜 말하는 걸까? 어떤 일을 하고 있다는 것이 나를 가장 잘 대변해주기 때문일까? 직장에서의 모습과 직장 밖에서의 모습이 180도 다른 경우가 허다하고 일은 그저 월급을 받기 위한 수단일 뿐임에도 우리는 왜 '나'를 소개할 때 직업을 이야기하는 걸까?

누구나 당연히 여기는 이 자기소개법에 반기를 들고 싶은 것은 내가 제대로 정의 내려지는 직업이나 회사에 속한 적이 거의 없기 때문일 것이다. 대학생 신분일 때야 편하게 "학생이에요"라고 말하면 됐지만 졸업을 하고 백수인 채로 5년 정도를 보낼 때는 "취업 준비 중이에요"라는 말도 비겁한 변명처럼 들릴 때가 많았고, 취업을 하고 나서도 직장과 아르바이트의 경계가 모호한 일이거나 프리랜서로 일한 적이 많았다. "그래서 하는 일이 정확히 뭐예요?"라는 되물음에 10초 정도는 머릿속으로 내가 하고 있는 일을 정리해야 했다. 어디에도 제대로 소속되지 못한 채 경계에서 일하는 사람. 굳이 정의하자면 그게 나였으니까.

제대로 직업을 소개할 수 있게 된 건 5년 전 비로소 4대 보험을 들어주는 회사에 취직하면서부터다. 계약서를 써야 하니 일에 대한 명시도 필요했다. 그때야 비로소 '마케팅'과 '영상 편집'이라고 뚜렷하게 나의 일을 정의할 수 있게 되었다. 하지만 이 자기소개마저도 육아휴직으로 퇴사하면서 실효성을 잃게 되었다. 아이를 낳고 다시 백수가 되자 나의 소개말도 길을 잃어버렸다.

아이를 낳고 직업을 잃은 엄마들은 어떻게 자기소개를 하는지 아시나요?
워킹맘도, 그렇다고 전업주부도 아닌 나는 나를 어떻게 소개해야 하나요?

—

　글쓰기 클래스에서 나와 비슷한 처지에 있는 사람들을 만났다. 신기하게도 우리는 자신의 나이도 직업도 말하지 않았다(나는 여전히 그녀들의 정확한 나이를 모른다. 서로 '~님'이라는 호칭을 써서 1년이 넘었는데도 여전히 오리무중이다). 세상은 직장에 다니지 않고 아이를 키우는 우리에게 '전업주부'라는 새로운 직업을 부여해주었지만 어느 누구도 그 이름이 마뜩하지 않았던 것일까. 아니면 무의식중에 이 자리에서만큼은 그 이름을 던져버리고 싶었던 걸까. 생각해보니 세상을 몇 도 정도 삐딱하게 보는 구석이 있는 것도 우리의 공통점이었다.

　세상에는 다양한 형태의 삶이 존재한다. 그런데도 일하는 엄마는 워킹맘, 일을 하지 않는 엄마는 전업주부라고 퉁 쳐서 부른다. 하지만 분명 워킹맘도, 전업주부도 아닌 그 사이에 존재하는 엄마들이 있다. 나처럼, 우리처럼 말이다.

　Not Working Mom. 일하지 않는 엄마들.

　우리 넷을 한 카테고리에 넣자면 이렇다. 일은 하지 않지만 그렇다고 집안일'만' 하는 것도 아닌 사람들. 그 두 분류에 포함되는 것을 거부하는 사람들. 따로 어떤 단어를 붙이는 것조차 족

쉐가 될 것 같아 우리가 선택한 이름이 'Not 워킹맘'이다. 혹자는 그럴지도 모른다. 워킹맘의 반대말이니까 전업주부랑 동의어가 아니야? 아니다. 우리의 업은 결코 '주부'가 아니기 때문이다. 게다가 '전'업 주부라니. 새삼 이 말이 얼마나 폭력적인지 깨닫지 않을 수 없다. 전업직장인, 전업자영업자, 전업회사원이라는 말은 없는 걸 보니 과연 이상한 것이 맞다. 곱씹을수록 뜻이 궁금해서 국어사전에서 찾아보니 전업주부는 '다른 직업에 종사하지 않고 집안일만 전문으로 하는 주부'라고 한다. 집안일을 전문으로 하는 것이 어떤 것인지 도통 가늠이 되지 않는다. 청소를 하고 엑셀로 정리해두거나 설거지하기 전에 보고서라도 써야 하나?

어떤 것을 분류하여 정의하는 것은 그 자체로 존중한다는 의미가 담겨 있다. 모든 것을 대충 퉁 쳐버리는 것만큼 무시하는 마음을 대변하는 행동은 없다. 사람의 성격을 분류하는 MBTI도 열여섯 가지인데, 세상에 존재하는 수많은 엄마를 고작 두 분류로 퉁 치는 건 너무하지 않은가? 게다가 그 분류의 기준이 '일'이라는 것도 가혹하게 느껴지는 것은 단지 기분 탓일까? 워킹맘의 비애와 전업주부의 애환 대신 그 경계에 있는 수많은 엄마들의 고민과 도전은 왜 아무도 봐주지 않는 것일까. 엄마라는 딱지를

—

떼어버리지 않아도 '나'로 살아갈 수 있고, 일을 하지 않아도 우리는 성장할 수 있는데 말이다.

오늘도 일하는 엄마들은 엄마 역할을 소홀히 한다는 편견과 싸우고 있고, 일하지 않는 엄마들(a.k.a 전업주부)은 집에서 노는 것 아니냐는 억측에 시달리고 있다. 세상에는 똑 부러지게 아이를 키워내며 승승장구하는 슈퍼 워킹맘의 자서전과 아이를 키우느라 정작 자신의 인생을 놓치고 살아온 시간을 후회하는 전업주부의 반성문만 존재하는 것 같다.

대한민국에서 가장 평범한 엄마 네 명이 함께 써내려간 이 교환 일기장의 다음 주자는 누가 되어줄까? 지금 이 글을 읽고 있는 당신이 그 사람이었으면 좋겠다.

by 보라

CONTENTS

2
직업란에 주부 대신 '낮워킹맘'을 적는다

-

3
비로소 '나'를 알아갈 때
—

아내에서 '엄마'가 되었을 때

1

일하지 않는 삶

—

스물다섯, 서울로 상경한 후 나에게 주어진 과제는 '생계'를 위한 '일'을 하는 것이었다. 이 무거운 단어가 어깨를 내리누르는 서울살이는 참 녹록하지 않았다. 언니와 열 평도 안 되는 신림동의 작은 방에서 자취를 시작했는데, 반반씩 부담하기로 한 월세를 내는 날이 되면 늦게까지 집에 들어가지 않았다. 월세로 낼 단돈 30만 원이 없었고, 언니랑 마주치면 돈이 없다고 말하는 것이 창피하고 미안해서. 마지막 자존심에 언니에게 주지 못한 월세를 꼬박꼬박 메모장에 적어두었다. 다음 달 알바비가 남으면 꼭 주리라 다짐하면서. 그렇다고 내가 일을 안 하려는 농땡이 기질이 있는 건 아니다. 누구보다 치열한 하루하루를 티나지 않게 보내고 있을 뿐. 티 안 나게 치열한 삶은 아무도 알아주지 않아서 더 외롭고 고독하다. 가끔 나 스스로도 나의 치열함을 못 알아차릴 때도 있었다. 비어가는 통장 잔고와 하릴없이 지하철을 타고 이리저리 옮겨 다닐 땐 이게 한량이 아니면 뭔가 싶은 생각이 명치끝에서 신물처럼 올라오곤 했다.

팍팍한 서울살이에도 정신을 못 차린 건지, 서울로 올라오기 전에 쓴 책 한 권에 미련이 남은 건지, 아니면 정말 자신이 있었던 건지 모르겠지만 취업 준비 대신 매일 글을 썼다. 아르바이트를 구해도 글과 관련된 것이 아니면 아무리 시급이 높아도 지원하지 않았다. 이유는 모르겠지만 글을 쓰지 못하는 삶은 족쇄처럼 느껴졌다. 삶의 방향을 확실히 틀려면 언니의 동의도 필요했다. 아, 물론 이런 중대한 사안을 상의하지 않는 자매도 있겠지만 나는 어려서부터 언니 말을 아주 잘 듣는 동생이었다.

　　"글을 쓰면서 살고 싶어. 그러니까 글로 돈을 벌고 싶다는 뜻이야."

　　몇 번을 삼키고도 기어코 이 말이 튀어나오고야 말았다. 언니는 저번 달에도 내지 않았던 월세에 잠깐 말문이 막힌 듯했지만 좋은 말로 나를 타일렀다.

　　"글은 취미로 써도 되잖아. 머리도 좋은 애가 취업 준비를 해봐(그걸로 월세를 내란 말이야)."

　　이런 실랑이가 약 3년 정도 이어졌다. 그사이 나는 언니의 바람대로 취업 준비도 했었고 꽤 잘나가는 대기업 최종 면접까지 가서 언니 마음을 설레게도 했었다(그렇다, 최종 면접에서 떨어졌다). 다행히 그동안 우리는 이사를 했고, 언니에게 줄 월세는

25만 원으로 줄어들었다. 나의 알바비도 물가에 따라 조금 올라 월세가 밀릴 일은 없었다. 그쯤부터 언니의 잔소리도 잦아들었지만 20대 중반이 된 나는 그럴듯한 책 한 권 없는 작가로, 어설프게 취업 준비를 하다 실패한 취준생으로, 4대 보험과는 거리가 먼 프리랜서로 포장된 아르바이트생으로 조금씩 길을 잃는 듯했다. 언니는 가끔 채찍 같은 말로, 또 가끔은 당근 같은 위로로 그 시간을 함께해주었다. 5월 5일에는 꼭 선물을 주곤 했는데 '자기 인생을 스스로 책임지지 못하는 넌 아직 어린이란다'라는 숨은 뜻이 아니었을까 싶다. 그러고 보니 취업보다 글을 쓰며 살고 싶다는, 조금 이르게 찾아온 작가에 대한 욕망 때문에 고통 받은 건 언니뿐이었던 것 같다. 나는 당시 매우 고무적인 상태였고, 꿈을 좇는 내가 조금 멋지다고까지 생각했으니 말이다.

진부한 표현이지만 어두운 터널 같은 시간이 흘렀다. 드디어 나의 시대가 도래했다. 바야흐로 유튜브 전성시대. 동영상 편집을 전공한 나는 세상에 참 쓸모가 많은 사람이 되었다. 게다가 글을 쓰겠다고 버텼던 시간 동안 편집 기술을 뒷받침해줄 스토리텔링 능력까지 갖추었으니까. 그러고 보면 세상에 쓸모 없이 흘러가는 시간은 없다. 한 회사의 유튜브 편집자로 일하는 동안 받은 월급은 1년치 월세를 내고도 남을 정도로 많았다.

재미를 느꼈고 보람도 있었다. 더 중요한 것은 무려 4대 보험도 들어주고 퇴직금도 쌓인다는 점이었다. 아, 드디어 '일'이 나의 '생계'를 책임져주기 시작했다. 독립을 하고 이사한 집은 언니와 월세를 나눠 내던 집보다 비쌌지만 한 번도 월세를 밀린 적이 없다. 평소 디자인을 훔쳐보던 비싼 가방이나 물건을 소유해보기도 하고, 친구와 만나서 부담 없이 내가 밥을 쏘는 날도 잦아졌다. 먹고 싶은 걸 맘대로 먹고, 입고 싶은 것을 맘대로 입었다. 주변에 축하할 일이 생기면 금액보다 그 사람의 필요를 생각한 선물을 사줄 여유도 생겼다. 금전적 여유는 마음의 여유를 선물해주었고, 나는 원래 그런 사람인 양 넉넉한 사람이 된 것 같았다.

그러다가 일을 그만둔 건 대다수 여성이 겪는 임신과 출산 때문이었다. 4년 정도 그 일을 하며 그런 종류의 삶에 꽤 익숙해져 있을 무렵의 일이었다. 갑작스럽게 실직자가 된 기분이었지만 사람들은 나를 위로하기는커녕 축하해주었다. 나는 일을 잃은 것이 아니라 아이를 얻은 것이기 때문이었다. 임신과 출산으로 인한 퇴사는 늘 축하의 대상이라 마음껏 아쉬워할 시간도 주어지지 않는다. 물론 이 세상 누구보다 기뻤다. 그리고 임신 9개월에 접어들어 출산휴가를 받았을 땐 조금 더 기뻤던 것 같다. 아직 월급이 나오고 있었고, 아이가 태어나기 전이라서. 하지만 나중에야 깨달았다. 이때의 쉼과 평안은 아이가 태어난 후의 쉼과 평안을 몰아 쓰는 것이었다는 사실을. 인생은 늘 조삼모사다.

꽤 긴 문장을 할애해 나에게 '일'이라는 게 얼마나 중요한 것이었는지 소명한 이유는 단순히 전업주부가 아니라 '일하지 않는 삶'이 처음인 내가 어떤 심정이었는지를 이보다 더 쉽게 설명할 길이 없을 것 같아서다.

자의로 또는 타의로 일하지 않는 삶을 살고 있는 많은 주부들에게 묻고 싶다. 가족을 위해 당신이 포기한 일이라는 것이 어떤 의미였는지, 그 일이 사라진 자리에는 무엇이 차지하고 있는지, 그리고 일하지 않는 당신은 이대로 정말 괜찮은지 말이다.

육아 '휴직'이지 육아 '휴식'이 아니었다

—

처음부터 전업주부로 시작한 경우라면 결혼생활에 조금 익숙해질 시간이 주어지겠지만 만삭이 될 때까지 직장에 다니다가 출산과 동시에 전업주부가 된 경우에는 갑자기 집안일과 육아를 병행해야 하기 때문에 아주 쉽게 멘털 붕괴를 경험할 수 있다. 더도 말고 덜도 말고 딱 하루면 충분하다.

특히 출산휴가와 육아휴직은 거의 천국과 지옥의 차이인데 출산휴가의 휴가(쉴 휴休, 틈 가暇)는 말 그대로 쉴 수 있는 '틈'이 주어진다는 뜻이다. 만삭이라 몸은 무겁지만 어찌됐든 내가 할 일이라곤 잘 쉬는 것밖에 없다. 뱃속의 아이가 위를 압박해서 소화가 잘 안 되고 눕기만 하면 신물이 올라와 잠을 제대로 못 자지만 어쨌든 아이는 아직 뱃속에 있다. 아침저녁마다 손발이 붓고 허리가 끊어질 것처럼 아프지만 어쨌든 아이에게 젖을 물리거나 기저귀를 갈아주지 않아도 된다. 많은 사람들이 "뱃속에 있을 때가 편해~"라고 하는 말에 "그래도 전 아이 얼굴을 빨리 보고 싶은걸요!"라고 철없는 소리를 하는 여유도 아직은 허락된다.

하지만 아이가 태어남과 동시에 출산휴가는 끝이 나고 서류상 육아'휴직'에 들어간다. 쉬긴 쉬는데 직장 '일'을 쉬는 것일 뿐이다. 즉 육아에는 휴가가 없다. 특히 신생아 시기에는 24시간 CCTV처럼 아무 일이 일어나지 않아도 늘 정신이 켜져 있어야 한다. 엄마 없이는 단 하루도 생존을 유지할 수 없는 이 아이에게 어떤 일이 일어날지 모르기 때문이다. 나는 육아와 동시에 24시간 깨어 있다는 것 자체가 노동이 될 수 있음을 깨달았다.

24시간 육아 6일째. 조리원 천국을 나와 내가 느낀 '현실육아'란 이런 것이었다.

1. 육아에는 절대 정답이 없다. 이것만이 정답이다.

2. 아기는 먹고 잠만 잔다는데 자주 먹고 잠은 거의 안 잔다. 30분 먹이고 20분 달래고 10분 잔다. 이 패턴을 무한 반복하면 반나절이 간다.

3. 정리 같은 건 사치이고 아기가 울기 시작하면 일단 뭐든 해결하기 바쁘다. 아기 울음은 당장 뭔가 해주지 않으면 큰일이 날 것처럼 긴박하고 다급하다. 화장실에 들어갔다가 바지도 못 올리고 나올 때는 이렇게까지 해야 하나 싶은 생각이 0.3초 정

도 지나간다.

4. 뭘 해도 아기가 자지러지게 울면 한없이 무능력한 사람이 된 기분이 든다. 산후우울증의 원인은 아이의 울음이나 육체적 피곤함도 있겠지만 우는 아이에게 아무 도움도 되지 못할 때의 무력감이 가장 클 것 같다.

5. 어쩔 수 없이 예민해진다. 특히 아기가 잠들기 직전에는 더 그렇다. 남편은 내가 수박 먹다가 숟가락을 떨어트렸을 때, 나는 남편이 복싱 글러브 찍찍이를 확 뗐을 때 처음으로 서로 눈욕을 했다. 찰나의 순간이지만 대역죄인이 된 것 같은 기분이 든다.

6. 남편의 존재는 생각보다 크다. 남편이 없으면 나의 삶에서 해결하지 못할 문제가 너무나 많다. 모유 수유를 하다 보니 외출은커녕 식사, 목욕, 화장실, 잠자는 것도 남편이 없으면 힘들어진다. 만약 이 시기의 아이를 혼자 키워냈다면 그만큼 자신의 기본적인 삶마저도 포기했다는 뜻이다. 박수를 받아야 하는 게 아니라 큰 위로를 받아야 한다.

직장인처럼 정해진 퇴근도 없고 출근도 없이 하루가 24시간이라는 걸 너무나 실감하게끔 하루가 간다. 합당한 근로 조건이나 법정 근무 시간 같은 것도 당연히 없다. 육아, 특히 신생아 육아는 한 인간의 자유의지가 또 다른 한 인간의 자유의지에 의해 처참하게 꺾이는 순간의 반복이다. 아이를 위해 엄청나게 많은 일을 하고 있지만 그 어느 것도 잘 해내지 못하고 있다는 자괴감이 수시로 든다. 아무것도 모르겠는데 무엇이든 해야 한다.

그럼에도 불구하고 아이는 자라나고 하루하루는 흘러간다. 단 하루 만에 "뱃속에 있을 때가 편했지?"라는 말을 실감하지만 아직은 의미 없는 아이의 웃음에, 나를 보는 듯한 눈망울에 모든 것이 해결된다. 빨리 커서 자기 손으로 밥도 먹고 제시간에 잠도 잤으면 싶다가도 지금이 그리워질 것이 뻔해서 시간이 빨리 가는 것이 아쉽기도 하다. 육아휴직은 비록 육아 휴식은 아니었지만 육아란 일을 쉴 만큼의 가치와 필요가 있는 일임은 틀림없었다.

육아휴직 6개월째. 두 시간마다 깨던 아이가 밤에는 6~8시간 정도를 자고, 한 시간마다 먹던 아이가 3~4시간마다 먹는다. 아이의 행동을 어느 정도 예측할 수 있고, 아이의 요구를 구별할 수 있다. 필요하다면 내가 원하는 시간에 아이를 재우거나 먹일 수 있다. 육아에 틈이 생기고서야 비로소 글을 쓸 수 있게 되었다. 몇 줄의 글조차 사치스러웠던 그 시간들을 열심히 글감으로 태우며 나는 또 한 가지를 깨닫고야 만다. 삶에서 버려지는 순간은 단 한순간도 없다고, 아이를 키워내기 위해 그야말로 나를 갈아 넣었던 그 시간들 속에서 나의 육체는 처참했으나 나의 영혼은 찬란했다고.

자본주의 사회에서 생산성을 잃어버렸습니다

—

새벽 4시, 조금 늦으면 5시. 아이가 잠에서 깨어나는 시간이다. 엄마는 올빼미형 인간인데, 아빠를 닮아 아침형 인간인가 보다. 아이가 깨어나면 바로 수유를 한다. 배고파서 깼을 거라는 추측에 의한 행동이지만 사실 좀 더 자고 싶은 엄마의 욕구 때문이기도 하다. 아이는 잠결에, 엄마 역시 잠결에 아이를 먹이고 같이 누워 다시 잠이 든다.

아침 7시 반, 늦으면 9시까지도 아이는 잠을 잔다. 물론 이 패턴이 잡힌 것은 생후 6개월이 조금 지나서다. 그전까지는 낮과 밤이 무의미한 시간의 연속이었다. 밤과 낮이 아니라 시간이 제멋대로 쪼개져 9시, 11시, 2시, 3시, 5시… 대충 이런 식이다. 잠을 잤다기보다 언제 아이가 깰지 몰라 불안해하며, 혹은 걱정하며 눈을 감고 밤을 보냈다는 표현이 더 적절할 것이다. 그렇게 잠을 자지도, 안 자지도 않은 새벽을 보내고도 아침은 온다.

남편에게는 시리얼을 대충 말아서 주고 나는 아침을 굶는다. 잠을 제대로 자지 못하면 아침을 먹을 기력도 없다. 아이는 꼬박꼬박 3~4시간마다 배고프다 울고 보채지만 그사이 내 끼니를 제때 챙겨 먹은 날을 손으로 꼽을 수 있는 몇 달을 보내고 나면 내가 가진 체력이 반절 정도 남았음을 직감할 수 있다.

언젠가 '나의 아내는 일을 하지 않아요'라는 글을 인터넷에서 본 적이 있다. 어느 심리학자(P)와 남편(H)이 다음과 같은 대화를 나누었다.

P: 당신은 가정을 위해 어떤 일을 하나요?
H: 저는 은행에서 회계사로 일하고 있습니다.

P: 당신의 아내는요?
H: 제 아내는 일을 하지 않아요. 주부거든요.

P: 가족의 아침식사는 누가 준비하나요?
H: 제 아내가요. 아내는 일을 안 하니까요.

P: 아내는 보통 몇 시에 일어나서 무엇을 하는지 아시나요?
H: 아침을 준비해야 하니 일찍 일어나요. 제 점심 도시락이랑 아침을 준비하고 아이들을 학교에 보내기 위해 씻기고 옷 입히고 준비물도 챙기고요.

P: 아이는 학교에 어떻게 가요?

H: 아내가 일을 안 하니까 아이를 데려다줘요. 아직 아이가 어려서요.

P: 아이를 데려다준 뒤 아내는 무엇을 하나요?

H: 보통 돌아오는 길에 장을 보고 간단하게 은행 일도 보고 집으로 와서 천천히 점심을 먹는 것 같아요. 그리고 부엌을 정리하고 빨래하고 청소하고, 아이들이 학교에서 돌아오면 간식도 주고 학원도 보내고⋯.

P: 그럼 당신은 저녁에 퇴근하고 오면 무엇을 하나요?

H: 물론 보통 쉬죠. 하루 종일 은행에서 일해서 피곤하거든요.

이 글 속의 남자는 아내가 일을 하지 않기 때문에 수많은 (집안) 일을 하는 것이 당연하다고 여긴다. 이 남자뿐이랴. 세상에 많은 남편들이 암묵적으로 바라고, 세상에 많은 아내들이 암묵적으로 동의하는 부분 아닌가.

'집안일'이라는 건 그래서 참 묘하다. 전업주부가 되고 태어나서 이렇게 규칙적이게(물론 여기서 '규칙적'이라는 것은 '아이가 정한 먹고-놀고-자는 패턴'에 따른 것이지만) 살아본 날이 있을까 싶게 하루를 보내고 있음에도 '오늘 뭐 했지?'라는 생각을 하면 눈앞이 막막해진다. 아이를 돌보느라 난장판이 된 방 안, 음식물이 눌어붙은 그릇들을 보면 한없이 작아진다. 누가 볼까 부끄럽다. '안 한 게 아니라 못한 건데'라는 생각이 자꾸만 핑계처럼 느껴진다. 집안일만 하는 나는 과연 게으른 것일까? 이 질문에 대한 답을 여전히 명쾌하게 내리지 못하고 있는 것은 정말 나만의 문제일까?

밤낮없이 일을 해서 돈 버는 삶을 '생산적'이라고 여겼던 10년의 습관이 몸에 밴 건지 여전히 아이를 키우는 것만으로는 왠지 '아무것도 안 하고 있다'는 느낌을 종종 받는다. 자본주의 사회에서 '일'은 '돈'을 보상으로 얻는 수단으로만 존재한다. 그러니 돈을 받지 않는 집안일은 일이 아닌 것이다. 아무도 이렇게 가르쳐주지 않았지만 우리는 본능적으로, 아니 자본주의 사회를 살아가는 동안에는 그렇게 느낄 수밖에 없다. 만약 나라에서 집안일을 하는 주부에게 시급을 쳐준다면 모든 주부들이 느끼는 무기력을 동반한 허탈함 따위는 존재하지 않을 것이다. 집안일에 금전적이든 심리적이든 사회적이든 보상을 주지 않을 거라면 집안'일'이 아니라 집안 '생활' 정도로 불러야 하지 않을까? (그러기엔 너무나 '일'스럽다는 것이 아이러니지만.)

아이를 키우는 것만큼 생산적인 일이 없음에도 아직 내 마음 한구석에는 영문 모를 죄책감과 조급함이 왜 사라지지 않는 것일까. 산업화 교육이 낳은 자본주의형 인간은 정녕 어쩔 수 없는 것인가. 답을 적어 내려가면서도 쉽사리 동의되지 않는 마음이 씁쓸한 밤이다.

매일 밤 통잠 대신 쪽잠을 잘지라도

—

아이 물건이 늘수록 서랍장을 하나씩 비워낸다. 정리하다 보니 서랍 하나 가득한 영양제와 약병이 눈에 들어왔다. 오랫동안 시달린 불면증을 없애보겠다고 샀던 것들이다. 유통기한이 꽤 지나 있다. 하나 빼고 다 버려야겠다. 문득, 다행이라는 생각이 들었다.

'불면증.'

인스타그램 스토리에서 단어 하나를 주고 글을 쓰는 이벤트를 했는데 '불면증'이라는 단어를 받아서 쓴 짧은 글이다. 불면증은 불쑥 찾아온다. 약도 잘 듣지 않는 감기 같기도 하고, 정말 나빠지기 전까진 알 수 없는 시력 같기도 하다(잠드는 능력을 수면력이라고 칭한다면 나는 원시, 근시, 난시를 다 합쳐놓은 상태일 것이다). 기분이 좋은 날엔 하루가 아쉬워서 잠들지 못했고, 기분이 울적한 날엔 그 기분을 글로 남겨야 한다는 강박에 새벽 미명을 무드등 삼아 잠이 들었다. 그러고는 다음 날 미친

듯이 피곤하거나 정신을 못 차릴 정도는 아니어서 하루를 24시간 꽉 채워 썼으니 잘됐다 생각한 날도 많았다. 그렇게 잠 못 이룬 시간들이 나의 체력을 야금야금 갉아먹고 있다는 건 모른 채.

한 권의 책을 내고 밤에는 글이 잘 써진다는 이유로 밤을 더 좋아했다. '역시 예술가는 야행성이지', '아침형 인간은 작가라는 직업과 어울리지 않아' 하고 자조한 적도 여러 번이었다. 실은 잠이 오지 않는 밤이 꽤나 괴로웠던 것 같은데 괴로워할수록 잠이 오지 않으니 어쩔 도리가 없었다. 잠에 미련이 없는 사람처럼 굴어놓고선 시애틀에 사는 친구를 만나러 갔을 때 드럭스토어에서 수면을 도와준다는 영양제들을 잔뜩 샀다. 수면제를 먹기는 무섭고 영양제라고 하니 몸에 나쁘진 않겠다 싶어 통관에 걸리지 않는 최대치를 구매했었다. 본능적으로 나는 이 작은 알약들에 의지하게 될 것이라 예견했는지도 모른다. 그리고 약통을 반쯤 비웠을 때 남편을 만났다. 약이 다 떨어지기 전에 만나서 어찌나 다행인지.

신기하게 결혼하고 나서 불면증이 조금씩 사라졌다. 싱글 침대를 퀸 사이즈로 바꿨다고 해도 옆에 누군가가 자고 있으면 도무지 잠이 오지 않을 것 같았는데 웬걸, 머리만 대면 잠이 드는 남편 때문인지 남편의 고른 숨소리를 따라 나도 이 내 잠드는 날이 많았다. 남편은 한번 잠들면 목석처럼 가만히 누워 자는 편이라 그런지, 아니면 남편의 팔베개 높이가 나랑 잘 맞아서인지 모르겠지만 미국에서 가장 많이 팔린다는 수면 영양제보다 결혼이 내겐 효과가 더 좋았다.

그렇게 10시가 되면 먼저 잠이 들어 남편에게 '잠만보' 소리를 들을 정도로 잠과 친해진 후에 아이가 태어났다. 생각해보면 임신 막달부터 잠을 자기가 어려웠다. 이전과 다른 점은 졸음이 쏟아지는데도 몸이 불편해 도저히 잠을 잘 수가 없다는 것이다. 똑바로 누우면 온 창자가 아이에게 눌리는 것 같았고 신물이 목구멍까지 타고 넘어왔다. 빨리 아이를 낳아 푹 자고 싶었다(그렇다. 아이를 낳으면 잘 잘 수 있을 줄 알았다. 사람은 이렇게 한 치 앞도 못 보고 산다).

드디어 아이가 태어났지만 이제 '통잠'이라는 단어는 더욱 신기루 같은 존재가 되어버렸다. 신생아 때는 두 시간에 한 번씩 수유를 해야 해서, 조금 더 커서는 젖물잠*이 버릇이 되어서 아이도 나도 깊이 잠들지 못했다. 자의로 잠들지 못하는 것과 타의로 잠들지 못하는 것은 거의 '하늘과 땅 차이'였다. 가장 기다려지던 나의 밤은 하루 중 가장 두려운 시간이 되었고 자연스럽게 글을 쓰는 일과는 멀어졌다. 핑계일지 모르겠지만 나에게

* 아이가 잘 때 젖을 물고 자는 버릇을 줄여 부르는 말.

36

밤은 그 자체로 작업실이었고, 글감이었으니까.

　그렇게 1년이 흘러갔다. 내 평생 가장 잠을 적게 잤던 1년이자 시간이 가장 더디게 흘러간 1년이었을 것이다. 너무 피곤해서 기절하듯 잠이 들거나, 너무 피곤해서 오히려 잠들지 못하는 날들이었고, 어쩌다 푹 잔 날은 기억에 남을 정도로 드문 일이 되었다. 그 후 잠자리가 편해진 것은 '통잠'이라는 단어 자체를 포기했을 때, 그리고 쪽잠의 단맛을 알게 되었을 때 비로소 가능해졌다. 그렇다. 세상에는 포기로 얻어지는 부산물이 생각보다 많다. 그리고 신기하게도 그때가 되어서야 자연스럽게 다시 글을 쓰게 되었다. 게다가 전보다 훨씬 더 깊어진 글이었다. 홀로 잠들지 못하던 밤에 쓴 글은 조금 씁쓸한 맛이었다면, 아이가 잠든 밤 고요히 쓰는 글에서는 뭉근하게 단맛이 났다.

　아이가 19개월에 들어서 도저히 밤을 견딜 수 없을 지경에 이르렀을 때 가슴에 식초를 바르고 밴드를 붙이자 그간 해온 나의 노력들이 무색하게 아이가 통잠을 자기 시작했다. 처음엔 통잠을 자는 게 믿기지가 않아서 언제 깨나 보려고 밤을 새웠던 적도 있었다. 다행히 아이는 잘 자주었고, 나는 홀로 글을 쓰다가 새벽 5시에 잠이 들었다. 아이가 태어난 후 자의로 밤에 깨어 있는 것은 처음이라 감격스럽기까지 했다. 이토록 생경한 일이니 기록해야겠다 싶어 끄적인 글이 A4 한 장이 훌쩍 넘었다. 역시 밤은 늘 최고의 글감이 되어준다.

본능쯤은 가뿐히

—

육아는 본능과의 싸움이다. 아이를 재우느라 나는 잠들지 못하고, 아이를 먹이느라 나는 먹지 못하는 시간들의 연속이다. 가장 참기 힘든 것은 잠을 자지 못하는 상황이다. 아이가 새벽 2시쯤 깨서 동이 틀 때까지 자지 않으면 정말 고문을 당하는 것처럼 괴롭다. 아이가 제멋대로 울고불고, 대체 무슨 이유에서인지 모르겠지만 기껏 만든 음식을 바닥에 던지고 쏟아버릴 때면 본능적으로 부아가 치밀어 오른다. 그럴 때도 속마음을 감추고 아이와 눈을 맞추며 "우리 아이, 어디가 불편했니?"라고 말해야 한다. 이를 악물지 말고, 인상 쓰지 말고, 소리 지르지 말고, 부드러운 목소리로…. 아이는 그저 본능대로 행동하는데 나는 본능을 거스르면서 아이를 돌봐야 한다는 사실 자체가 가끔은 육체적으로, 또 가끔은 감정적으로 버겁다. 사회에서의 일보다 육아가 본능에 가까운 일인 줄 알았는데 본능을 이리도 철저히 거스르는 일이었다니.

하지만 역설적으로 육아를 하면서 본능쯤은 가볍게 뛰어넘는 모성의 힘을 발견할 때가 있다. 알람 소리에도 못 깨던 언니가 아이의 작은 뒤척임에도 깬다거나 중학교 때부터 여리여리했던 친구가 쌀 한 가마니 무게는 족히 넘을 딸아이를 번쩍 안을 때 "어머니는 여자보다 강하다"라는 말의 의미를 눈으로 목격한 기분이 든다. 그 모습은 경이로움을 넘어 '경외로움'에 이르는데 나 역시도 내 안의 모성이 내 안의 본능을 가뿐히 이기는 순간을 가끔 경험하곤 한다.

남편이 서점으로 출근하고 혼자 아이를 보고 있던 어느 날. 아침으로 달걀프라이를 해주었는데 흰자가 조금 덜 익었는지 아이가 심하게 눈을 비비기 시작했다. 그때는 아이에게 덜 익은 달걀흰자를 먹이면 안 된다는 걸 몰랐기 때문에 평소에 잘 먹던 아이가 왜 이렇게 자지러지게 우는지 알 수가 없었다. 조금 있으면 괜찮겠지 했는데 5분도 안 돼 눈 주변이 빨갛게 올라오고 온몸에 두드러기가 퍼졌다. 1분 거리에 있는 서점에 남편을 부르러 갈 새도, 정신도 없이 아이를 안고 10분 거리에 있는 소아과로 냅다 뛰었다. 평소에는 10킬로그램을 가뿐히 넘는 아이를 안고 조금만 걸어도 팔이 아팠는데 이날은 오르막길도 느껴지지 않았다. 유모차를 끌고 다닐 땐 10분이 걸리던 소아과에 5분 만에 도착했다. 다행히 병원에서 처방해준 알레르기 약을 먹이자 두드러기는 금방 가라앉았지만 놀란 마음은 쉬이 진정되지 않았다. 아이를 안고 돌아오는 길은 내리막길인데도 어찌나 힘이 들던지.

어쩌면 '엄마가 된다는 것'은 '내가 되는 것'보다 더 어려운 일일지도 모른다. 자아실현이라기보다는 어찌됐든 타자의 자아실현을 돕는 철저한 조력자로서 존재하기 때문에 그 목적을 잃기가 쉽고, 인간이 가진 무한한 이기성과 자의식을 마주하여 나의 이기성과 자의식을 철저히 무시해야 하는 일이기에 늘 스스로를 다그쳐야 한다. 정답이 없는 시험지를 매일 풀어야 하고, 끝이 없는 숙제를 매일 해내야 하는 엄마의 삶. 그래서 뭘 잘하고 있는지, 뭘 못하고 있는지도 분간이 안 되는 혼돈의 삶.

그럼에도 불구하고 나는 엄마인 내가 좋다. 본능을 거스르는 모성의 힘을 가진 내가 자랑스럽다. 나의 자아실현은 저만치 밀어두고 아이의 자아실현을 돕는 것이 뿌듯하고, 때론 그 모습을 지켜볼 수 있음에 감사하다. 정답도 없지만 오답도 없어서, 끝이 없는 대신 매일이 쌓여 아이가 자라고 있음에 혼돈의 시간들은 더할 나위 없이 소중한 추억이 된다. 혈청 따위를 맞지 않아도 슈퍼히어로가 될 수 있는 유일한 길이 바로 부모가 되는 것 아닐까. 외계인의 침공으로부터 지구를 지키진 못하겠지만 험난한 세상 풍파로부터 내 아이쯤은 거뜬히 지켜낼 수 있는 부모라는 이름의 히어로. 각종 첨단 기능을 갖춘 쫄쫄이 슈트 대신에 음식 얼룩이 묻은 목 늘어난 티셔츠라는 점만 빼면 마블 코믹스의 어벤저스와 우리가 다른 게 무언가! 이 글을 쓰는 지금도 소머즈*처럼 10미터는 족히 되는 건넌방에서 들리는 아이의 칭얼거림을 듣고 퀵실버** 속도로 달려가는 나. 이 정도면 캡틴 마블***인데?

* 1970년대 유명 외화 시리즈 〈소머즈〉의 주인공처럼 귀가 밝고 작은 소리도 잘 듣는 사람.
** 마블 캐릭터 중 시속 1200킬로미터 이상의 초음속 스피드를 가진 캐릭터.
*** 마블 캐릭터 중 전 우주의 존재와 사물을 감지하고 엄청난 에너지를 가진 우주의 수호자.

내가 아니면 안 되는 일이 있다

—

세상에는 웬만하면 다 통하는 절대적인 진리, 불변의 법칙 같은 것이 존재한다. 뜨거운 공기는 올라가고 차가운 공기는 내려간다거나, 두 평행선은 영원히 만날 수 없다거나 하는 물리적이고 수학적인 원리뿐만 아니라, 부익부빈익빈, 1등만 기억하는 더러운 세상, 뭐 이런 명제들도 자본주의 경쟁 사회에서 꽤 많은 순간 들어맞는다.

돈이 전부는 아니지만 이왕 울 거 벤츠 타고 우는 게 길바닥에 앉아 우는 것보다 낫지 않냐, 바닥에 샤넬 백 던지면서 울어보고 싶다, 돈? 이게 다 무슨 소용이야! 하면서 발버둥 쳐보는 게 소원이라고 말하는 이들도 있다. 돈이 전부라고 할 만큼 가난해보지도, 부유해보지도 못했지만 어렴풋이 공감했던 적도 있었던 것 같다(바닥에 샤넬 백 던지는 거보단 캔버스 가방이 마음이 편하지 않나 하고 반문하기도 했지만).

아이를 키우면서도 이왕이면 비싼 분유를 먹이고 싶고, 예쁘고 좋은 옷을 입히고 싶은 마음에 '그래, 똥을 싸도 밥진 안

43

나는 비싼 기저귀에 싸는 게 낫지 않겠나' 하고 생각한 것 같기도 하다. 돈으로 아이를 키우는 건 아니라고 확신에 차서 말할 순 있으나 돈 한 푼 없이 나라에서 주는 아동수당 30만 원만 가지고 아이를 키운다는 것은 아무래도 불가능하다는 명제에도 동의하는 바다.

부모의 욕심 때문에 아이를 키우는 데 돈이 많이 드는 경우도 있지만 의사 표현을 하지 못하는 아이의 필요를 알기 위해 '버려지는 돈'도 상당하다. 잘 먹던 분유를 안 먹는다거나 갑자기 변을 제대로 보지 못한다면 부모가 할 수 있는 일은 대부분 돈을 써서 아이의 기호를 찾아내는 일이다. 젖병을 바꿔주기도 하고 분유를 바꿔보기도 한다. 안 맞으면 그대로 버리거나 싼값에 되파는 수밖에 없다. 한두 번 만에 잘 찍으면 다행이지만 열 번 넘게 바꿔야 하는 경우도 있을 테니 십수만 원이 그냥 날아가는 셈이다. 기저귀는 또 어떤가. 한번 포장을 뜯어 쓴 기저귀는 되팔기도 어렵다. 발진이 나면 병원에도 가야 하고 연고도 사야 한다. 이유식을 시작하면? 말도 못한다. 우리는 점심에 라면을 먹어도 아이는 매끼 소고기를 꼬박꼬박 먹여야 한다(근데 아이가 안 먹고 바닥에 내팽개치면 얼마나 속이 상하겠는가!).

하지만 아이를 위한 이 모든 노력들의 대가는 세상이 정의하는 부익부빈익빈과 거리가 멀다. 좋은 옷을 입혀야만 아이의 피부에 윤이 나는 것이 아니고, 좋은 기저귀, 비싼 분유가 아이에게 가장 좋으리란 법도 없다. 비싼 옷을 입힌다고 아이가 더 행복한 것도 아니고, 비싼 유모차를 타야 아이가 더 기분 좋아지는 것도 아니다(물론 엄마나 아빠는 기분 좋을 수 있다). 돈이 많고 능력 있는 부모의 아이가 오히려 까탈스럽거나 부모를 힘들게 하는 아이일 수도 있고, 가진 것이 부족해서 늘 미안해하는 부모의 아이가 뭘 먹여도 잘 먹고 어디서든 잘 자는 순둥이일 수도 있다.

돈이 많아도, 아무리 능력이 뛰어나도 그것만으로 육아를 잘할 수는 없다. 육아는 이론이 아니라 경험이고, '아이 by 아이'이며, 겪어보기 전에는 알 수 없는 미스터리한 일이다. 그래서 나는 가끔 생각한다. 혹시 육아를 통해 세상에 행복의 균형이 맞춰지는 것은 아닐까? 자본주의 사회에서 아이가 부모의 돈도 능력도 아닌 오직 사랑으로 자란다는 것은 사랑만이 이 세상에서 가장 공평하게 우리에게 주어진 능력이라는 뜻일지도 모른다. 나는 이 사실이 참으로 다행스럽고 감사하다.

료타: 내가 아니면 안 되는 일이 있단 말입니다.

유다이: 아버지란 것도, 누가 대신해줄 수 있는 일이 아니잖아.

고레에다 히로카즈 감독의 영화 〈그렇게 아버지가 된다〉에 나오는 료타와 유다이의 대화다. 아이에게 '부족함 없는 환경'을 제공해주는 것으로 부모의 역할을 다 하고 있다고 생각했던 료타가 '아버지만이 해줄 수 있는 일'을 하는 유다이를 보며 느낀 박탈감은 아이를 키우는 일조차 부익부빈익빈의 원리로 생각했던 많은 부모들이 느꼈던 감정과 같은 질감이었을 것이다. 어쩌면 돈으로 아이를 키우는 것은 가장 손쉬운 선택이기 때문이다. 유다이의 말에 대꾸하지 못한 료타의 침묵은 그 사실을 알면서도 애써 모른 척해왔던 자신에 대한 부끄러움이었을 것이다. 돈도, 능력도 아닌 '내가' 아니면 안 되는 일. 그것이 바로 부모가 되는 일이다.

그래서 육아는 늘 어렵다. 부모의 능력과 노력, 물질적인 뒷받침만으로 아이의 건강과 바른 성장을 보장할 수 없기 때문이다. 넘치게 사랑을 준다고 해도 아이가 타고나기를 잔병치레가 많을 수도 있고 예민하고 까칠한 성격일 수도 있으니 말이다. 하지만 좌절하지 말자. 이 모든 불확실성과 막연함을 견디게 해주는 것도 '나의 아이'뿐이니.

거꾸로 찍힌 인생이라면

—

남편과 운영하는 서점에 들여온 책 중에 거꾸로 인쇄된 책이 있었다. 다른 때 같으면 반품 처리를 할 테지만 귀차니즘과 더불어 읽고 싶었던 책이라 집에서 보려고 챙겨왔다. 뭐, 팔기는 어렵지만 거꾸로 들고 보면 아무 문제가 없는 책이니까.

그런데 끝까지 책장을 넘기고 보니 거꾸로 인쇄된 이 책이 《아몬드》라는 것이, 평범한 것과 정상적인 것에 대한 정의를 묻고 있는 책이라는 사실이 새삼 놀라웠다. 책장에 혼자 거꾸로 꽂혀 있을 때는 의아했지만 적어도 읽는 순간에는 이 책이 거꾸로 인쇄되었다는 사실은 나에게 중요하지 않았다. 거꾸로 인쇄된 책은 '못 읽는 책'이 아니라 그저 거꾸로 인쇄된 책이니까, 거꾸로 들고 읽으면 될 일이다. 세상에 존재하는 많은 것들도 마찬가지다. 겉으로는 달라 보여도 막상 펼쳐보면 아무렇지도 않은 것이다.

앞뒤가 잘못 인쇄된 책처럼 펼쳐보기 전엔 잘못된 줄도 모르는 것을 인생이라 치자.

아이를 임신하고 가장 많이 하는 걱정이 바로 '기형'에 대한 걱정이다. 분명 뱃속에 있지만 눈으로 볼 수 없는 아이가 눈앞에 짠 하고 태어났을 때 온전할 것이라는 보장은 어디에도 없다. 마치 펼쳐보기 전엔 잘못된 줄 모르는 책처럼 말이다. 유전이라 함은 분명 나와 남편이 아이에게 준 것이지만 내가 선택할 수 없는 것이라 더욱 우리를 두렵게 한다. 나의 어떠함으로 인해 아이에게 돌이킬 수 없는 문제, 남들과 다른 뭔가를 갖고 있다면 부모는 평생 죄책감을 안고 살아갈 수밖에 없다. 내가 선택한 것은 아니지만, 어쨌든 아이에겐 잘못이 없을 테니까.

나 역시 두 번의 기형아 검사 때 적잖이 긴장을 했었다. 맘카페에서 다른 엄마들의 결과를 찾아보기도 하고 기형아를 키우는 부모들의 영상을 찾아보기도 했다. 혹시 모를 1퍼센트의 가능성 때문에 내가 남들과 조금 다른 아이를 키우게 된다면 어떻게 해야 할까 미리 알아두고 준비해야겠다는 생각에서였다. 다행히 기형아 검사는 무사히 통과되었고 예정일을 3일 앞두고 태어난 아이는 손가락 열 개, 발가락 열 개, 눈 두 개, 코 하나, 입 하나를 가진 '정상적인' 아이였다.

하지만 나는 늘 생각한다. 아이가 혹여나 손가락이 하나 없이 태어났더라도 지금과 똑같이 아이를 사랑해주었을 거라고 (사실 낳기 전엔 자신이 없었다. 그래서 더 찾아보고 공부했는지도 모른다. 꼭 노력해야 할 것만 같아서).

하지만 낳고 보니 어떠한 모습으로 태어났건 그 자체로 완벽하고 지극히 정상적인 아이라는 것을 깨달았다. 그리고 남들 눈에 조금 부족해 보이는 아이도 부모에게는 누구보다 완벽한 아이일 것이라는 확신이 들었다. 그들은 우리보다 조금 더 노력하고 있겠지만 그 노력은 결코 아이를 사랑하고자 함이 아니라 아이를 세상 안에서 조금 더 안전하게 키우고자 하는 마음일 것이다. 그저 내가 잘못 인쇄된 책을 거꾸로 들고 보는 정도의 노력 말이다.

《아몬드》의 마지막 장인 작가의 말에 손원평 작가가 이 책을 처음 시작하게 된 계기에 대해 짤막하게 적고 있다.

그냥, 아이가 너무 작았다. 낮은 침대에서 바닥으로 떨어지기만 해도, 몇 시간만 혼자 두어도 생명을 보장할 수 없을 것 같았다. 자신의 힘으로는 아무것도 할 수 없는 생명체가 세상에 던져져 허공을 향해 버둥거리고 있었다. 내 아이라는 실감도 잘 나지 않았고 잃어버렸다가 다시 찾는다 해도 알아볼 자신도 없었다. 스스로에게 질문을 던져봤다. 이 아이가 어떤 모습이든 변함없이 사랑을 줄 수 있을까. 기대와 전혀 다른 모습으로 큰다 해도? 그 질문에서 출발해 '과연 나라면 사랑할 수 있었을까?' 하고 의심

할 만한 두 아이가 만들어졌고 그들이 윤재와 곤이다. (……) 좀 식상한 결론일지 모르겠다. 그렇지만 나는 인간을 인간으로 만드는 것도, 괴물로 만드는 것도 사랑이라고 생각하게 되었다. 그런 이야기를 해보고 싶었다.

작가는 분명 윤재도, 곤이도 세상에 던져져 허공을 향해 버둥거리는 자신의 아이처럼 사랑했을 것이다. 글을 읽어보면 알 수 있다. 작가가 두 아이를 얼마나 사랑하는지.

키울 때 자란다

—

돌이켜보면 어려서부터 무언가 키워내는 데에 영 소질이 없었다. 처음 대학교 기숙사에서 선인장 두 개를 키웠는데 햇빛을 잘 받게 하려고 창가에 두었다가 3일 만에 추락사로 두 녀석을 보냈다. 나름 오래 키워보고자 산 선인장이었는데. 허망한 결말이었다. 자취방이 생겼을 때도 신이 나서 제일 키우기 쉽다는 몬스테라를 키웠지만 커다란 잎이 속절없이 뚝뚝 떨어져나가는 걸 목격해야만 했다. 식물은 조금 죄책감이 덜하다 치고, 고심 끝에 입양한 고양이를 키우는 일도 만만치 않았다. 부담감과 불안함, 걱정이 앞섰지만 한 줌의 고양이와 눈이 마주친 순간 나는 그 고양이의 엄마가 되었다. 아이를 낳기 전, 나에게도 모성이 있다는 것을 알려준 첫 고양이에게 나는 두고두고 감사한다.

처음 고양이를 키울 때에도 어떻게 하면 잘 키울 수 있을지 알아보려고 유튜브나 카페를 밤새 뒤지곤 했었다. 표정이 없는 고양이의 기분을 알기 위해서는 고양이만의 표현법을 배워야 했다. 꼬리를 바짝 세우고 있으면 '좋다'는 것이고, 꼬리를 세차게 흔들면 '싫다'는 의미였다. 그걸 알고 나서는 고양이의 얼굴보다는 꼬리를 더 자주 바라본 것 같다. 항상 같은 표정인 줄 알았는데 눈을 천천히 깜빡거리는 것이 나에게 건네는 인사라는 걸 알고 눈싸움을 하듯 언제 눈을 감나 쳐다보기도 했다(늘 내가 졌지만). 고양이의 세계는 알면 알수록 오묘하고 경이로웠다.

아이를 키울 때에도 마찬가지였다. 아이는 배가 고파도 울고, 졸려도 울고, 더워도 울고, 추워도 울었다. 울음소리가 다르다는데 초보 엄마인 내가 그걸 구별해낼 리가 만무했다. 아이가 잘 먹던 모유를 거부하고 갑자기 칭얼거림이 늘면 그날의 키워드는 '모유 수유'. 밤새 비슷한 단어들을 검색해가며 다른 사람들의 경험이나 정보들을 찾아보기 시작했다. 키워드를 이리저리 바꿔가며 몇 시간이고 검색하고 댓글까지 꼼꼼히 읽었다. 그렇게 맘카페를 전전하다 도달하는 결론은 '케이스 바이 케이스'라는 것이다. 허무하지만 정답이다.

그렇다면 뭐 하러 그 수고로운 과정을 거치는가? 아이의 불편함이 무엇인지 조금이라도 정확하게 알기 위해서다. 엄마들의 각기 다른 고민과 댓글에 담긴 각자의 해결책을 보며 나의 경우를 대입해보고 조금 다른 부분들은 정리해가며 아이의 상태와 내 상황을 체크하고 나면 그나마 확률이 높은 나만의 정답을 찾게 된다. 번거로워도 이 과정을 거쳐야 나와 아이를 믿고 확신 속에서 육아를 이어갈 수 있다.

결국 생명을 키우는 일은 똑같은 정보를 믿고 따라 하는 것이 아니라 관심과 애정을 기반으로 각자 판단해서 적용하는 것이다. 아이도, 고양이도, 하물며 작은 화분도 세상에 단 하나뿐인 생명이고, 인터넷에서 얻은 정보보다 눈앞에 살아 숨 쉬는 생명이 주는 정보가 가장 정확하기 때문이다. 아주 대단한 사실을 말하고 있는 것 같지만 결국 '나'는 아무것도 모른다는 얘기다.

그래서 작가로서 책을 쓰지만 책을 맹신하지는 않는다. 쓰고 보니 책이란 것은 본디 자신의 경험을 바탕으로 한 가장 주관적인 결과물이라 자신에게 그대로 대입하면 어그러지기 마련이다. 그래서 육아책도 한 권 읽지 않고 엄마가 되었다. 이제 와서 생각해보면 용감했다. 책 속의 엄마가 나와 똑같지 않더라도, 간접적으로 엄마가 되는 일이 얼마나 막중한 일인지 깨달았다면 조금 더 잘 해냈을지 모르니까.

고생스러운 입덧도 없이, 다들 걱정하는 조산기도 없이 아이를 낳기 전날까지 아울렛에서 아이쇼핑을 즐기며 38주 5일을 채우고 아이가 태어났다. 악 소리 나는 진통을 오래 겪다가 결국 제왕절개로 아이를 낳았지만 하늘이 노래지고 별이 보일 정도의 진통도 아니었던 터라 왠지 거저 엄마가 된 기분이었다(물론 제왕절개 후 훗배앓이는 배가 타들어가는 고통이라는 말이 딱 어울렸다).

그렇게 엄마가 되고 나서 가장 맹신하게 된 것은 시간이다. 모두에게 공평하고 나의 처지나 상황과 상관없이 흘러가는 시간. 육아에 능수능란한 엄마에게도, 나처럼 모든 것이 처음인 엄마에게도 아이와 보내는 하루는 단 24시간이다. 물론 체감하는 시간이야 다르겠지만 어쨌든 가만히 멍 때리고 있어도, 아이와 씨름하고 있어도 시간은 째깍째깍 간다. 한 치의 오차도 없이 아침이 되고 이내 밤이 된다. 그리고 이 사실은 묘하게 위로가 된다. 아이가 새벽 3시까지 안 자고 버텨도, 분유건 모유건 입에만 가져가면 울음보를 터뜨려도 괜찮을 수 있는 단 하나의 이유는 그래도 시간은 간다는 것을 알기 때문이다.

시간이 간다는 건 아이가 자란다는 뜻이다. 육아의 가장 큰 목표는 아이를 자라게 하는 것인데 그 엄청난 일을 해내는 것이 바로 시간인 것이다. 너무 힘들어서 눈물이 뚝 흐를 것 같다가도 '그래, 그래도 시간은 간다'라고 생각하면 이상하게 괜찮아졌다. 그렇게 시간의 힘을 깨달아갈수록 아이도 자랐지만 나도 자라고 있는 것 같았다.

생후 18일의 엄마, 생후 32일의 엄마, 생후 68일의 엄마….

무언가 키우고 있을 때, 우리는 자란다. 식물에게 물을 줄

때, 고양이 화장실을 치울 때, 우는 아이를 달랠 때 조금씩 자란다. 나의 수고를 거름 삼아 자라나는 무언가를 키우며 어쩌면 그들보다 더 크게 자란다. 그러니 고마워해야 할 사람은 그들이 아니라 우리일지도 모른다. 자아 성장이 삶의 궁극적인 목표라면 육아만큼 단기간에 그 목표치를 이뤄내는 일은 세상에 없을 것이다. 그러니 우리가 육아를 견디고 얻게 되는 부산물이 아이의 성장뿐만 아니라 우리의 성장이기도 하다는 걸 잊지 않았으면 좋겠다.

이 세상의 모든 엄마들은 일하든, 일하지 않든 오늘도 잘 크고 있다.

by 보라

직업란에 주부 대신
'낫워킹맘'을 적는다

2

전등 스위치에 묻은 지문

—

이른 아침부터 늦은 저녁까지 나는 집에 있는 동안 전등 스위치를 여러 번 껐다 켠다. 동트기 전 새벽녘에 남편의 출근 준비를 도울 때에도, 아이들 방에 들어가 아침을 알릴 때에도, 식사 준비를 하러 주방에 들어갈 때에도, 나만의 시간을 갖기 위해 서재에 들어갈 때에도. 그렇게 각 방의 전등 스위치는 내 검지 지문이 가장 많이 묻어 있는 곳이다. 하지만 일상적인 나의 일과 중 하나를 군대와 비교해보자면, 나는 제일 말단 후임과 다를 바 없다.

엄마라는 '직업' 속에서 회의감이 들 때가 많았다. 특히 워킹맘이 아닌 전업주부로 살면서 문득 찾아오는 허탈한 감정은 자주 나를 뭉갰다. 그건 자본주의 사회에서 일어나는 어쩔 수 없는 현상이기도 했다. 최근 주변에서 승진 소식이 여럿 들렸는데 그들은 나와 비슷한 나이이고, 비슷한 또래의 아이들이 있는 워킹맘이었다. '엄마'로서의 역할이 필요했던 시기를 무사히 넘기고 하나둘 자신의 자리를 찾아간 워킹맘들은 이제 떳떳한 자리에서 아이들을 서포트해줄 수 있었다. 물론 워킹맘의 애로사항과 속앓이를 모르는 것은 아니지만 어쩌다 엘리베이터를 같이 타게 되더라도 거울을 통해 비교되는 옷차림과 화장기 없는 얼굴 등이 나도 모르게 고개를 숙이게 만들었다. 속상한 마음을 남편에게 넋두리해봐야 소용없었다. 감정의 밀도는 다 달라서 슬픔이 가슴을 파고드는 것도, 가볍게 스치는 것도 모두 전업주부인 '나'만 느낄 수 있는 것이기 때문이다.

전업주부의 '일'에 대해서 생각해봤다.

나는 뭘 하고 있지? 전업주부의 역할은 어디까지일까?

전업주부가 남들에게 칭찬이나 인정을 받는 일은 육아와 가사뿐일까?

전업주부에게는 왜 9시 출근, 6시 퇴근처럼 정해진 노동시간이 없을까?

상여금은 둘째치고 왜 무보수로 그렇게 열심인 걸까?

전업주부들은 무엇에서 행복을 느끼며 하루를 살아갈까?

나는 행복한가? 만족스러운 삶인가?

나도 일을 그만두지 않았다면 어땠을까? 지금이라도 일을 시작할 수 있을까?

일에 대한 생각이 꼬리에 꼬리를 물었고, 사실은 나도 '인정받고 제대로 된 일을 하고 싶다'라는 걸 알게 되었다. 그렇다. 가만히 있을 수 없다. 나에게도 꿈틀거리고 싶은 욕구가 생겨버린 것이다. 하지만 어떻게? 무슨 일을 한단 말인가?

'새로운 일에 도전해볼까?' 하고 생각했던 엄마들도 결국 현실과 마주하면 시작도 하기 전에 마음의 문을 닫는다. 이유는 간단하다. 할 수 있는 일이 제한되어 있기 때문이다. 하지만 이런 생각은 어떨까? 난 여전히 '워킹맘'은 아니다. 그렇다고 '전업주부'인 것만도 아니라고 말하고 다닌다. 우리는 이제 일을 한다는 것의 기준을 달리 생각할 필요가 있다. 전문적인 일을 하지 않는 것에 초점을 두는 것이 아니라, 내가 해야 하는 일의 형태가 바뀐 것뿐이라고. 그래서 우리는 자신이 할 수 있는 일을 찾으려고 계속 노력해야 한다.

〈엄마는 아이돌〉이라는 TV 프로그램이 인기를 끌었던 적이 있다. 출산과 육아로 우리 곁을 떠났던 여가수들이 다시 무대에 올라 아이돌처럼 완벽한 컴백에 도전하는 프로그램이었는데, 평소 TV를 잘 보지 않아서 모르고 살다가 우연히 마지막 회를 보고 펑펑 울었다. 10년이란 세월은 천상 춤꾼이었던 사람의 몸도 굳어버리게 만들었다. 연습 없이는 예전처럼 고음이 올라가질 않았고 그럴 때마다 그녀들은 좌절하고, 울고, 민폐녀가 된 것처럼 미안해했다. 하지만 처음 인터뷰했을 때처럼 '엄마도 할 수 있다'라는 용기를 가족에게 다시금 보여주고 싶다며 노력에 노력을 더하는 모습이었다. 나를 울렸던 장면은 세상의 모든 엄마들에게 던진 메시지였다.

"많은 엄마들이 저희를 보면서 힘을 냈으면 좋겠어요. 엄마이기 전에 한 사람이니까요. 꼭 아셨으면 좋겠어요."

그 말은 꿈을 잊고 살 수밖에 없던 나와 같은 엄마들에게 분명 깊은 울림을 주었을 것이다. 그 후 어떤 변화가 있었을까? 물론 그녀들은 여전히 누군가의 엄마이자 전업주부로 살아가고 있다. 하지만 경력 단절을 다시 이어갈 수 있는 힘은 결국 노력과 생각의 전환에 있다. 우리는 그것만으로도 충분히 만족스러운 삶을 살 수 있다. 걱정은 불안을 야기할 뿐 아무런 도움이 되지 않는다.

걱정의 수렁 속에서 헤어 나오기 위해서는 '생각 스위치'를 만들어야 한다. 충분히 경험해보기도 전에 너무 많이 생각하지 않도록 생각 스위치를 꺼두는 것이다. 당장 결과를 내지 않아도 되는 일부터 하나씩 시작해야 한다. 무엇이라도 배우려 노력하고, 집에서도 나의 시간을 확보하려고 해보자. 자격증 취득, 외국어 공부, 몸매 관리를 위한 갖가지 운동, 엄마들의 독서 모임 등을 위해 확보된 시간을 허투루 쓰지 않으려고 노력하면서 말이다. 내가 경험한 바에 따르면 뭐가 됐든 꾸준히 하는 모습을 보여주면 가족도 그 일을 존중해주었다. 중요한 건 꾸준함이다.

나의 일상은 이제 '엄마로서의 삶'으로만 채우기에는 뭔가 만족스럽지 않은 구석이 있다. 요즘 나는 '엄마 역할' 퇴근과 동시에 '오롯한 나'로 존재하기 위해 출근한다. 매일 책을 읽고 생각을 정리하고 글로 사람들과 소통한다. 삶의 활력을 찾고 좋아하는 것들로 나의 하루를 가득 채우다 보면, 조급하고 초조한 마음은 들지 않는다. 오히려 기지개를 켠 것처럼 개운하다. 우리 집의 전등 스위치를 켜고 끄는 것은 여전히 나의 몫이지만 이제는 더 이상 허탈한 감정을 느끼지 않아도 된다.

by 정선

갈림길 대신 2차선 도로

이 섬에 닿지 못하고 저 섬에도 닿지 못했다. 섬 사이의 바다에서 둥둥 떠 있는 날이 많았다. 온전히 아이를 돌봐야 하는 전업주부와 직장에 출근하는 워킹맘. 두 개의 섬 어디에도 내가 없었다. 아이는 돌보아야 하지만 내가 되고 싶어서 나만의 일을 찾고 경력을 쌓아야 한다고 생각했다. 아이에게 관심을 기울이다가도, 나라는 존재가 희미해질까 봐 불안했다. 이쪽 섬에 발을 붙여야 하는데 생각의 파도가 나를 저쪽으로 떠밀어 보냈다. 아이를 보다가도 생각이 자꾸 다른 길로 샜다.

생각해보니 다른 길로 샌 건 내가 아니었다. 원래의 자리에서 엄마라는 다른 길이 생긴 것이었다. 29년 동안 나로 살았는데, 세상은 갑자기 엄마의 길이 원래의 길이라고 말하는 것 같았다. 아이가 생기고 '나'라는 1차선 길에서 2차선 도로로 확장하면 좋으련만, 세상은 확장이 아닌 갈림길로 엄마라는 자리를 따로 만들어놓았다. 엄마의 길을 가면서도 원래 있던(아이를 낳기 전) 길을 자꾸만 뒤돌아보았다.

이제는 안다. 한 생명을 돌보는 일에는 한 사람의 시간과 삶을 송두리째 써야 한다는 걸…. 그래야 아이의 뿌리가 단단해진다는 걸. 하지만 그때는 몰랐다. 나를 나눠 쓰는 일이 처음이었다. 회사생활은 힘겨웠지만, 내가 살아 있음을 느끼는 인정의 순간들이 많았다. 하지만 엄마의 자리는 줄곧 고요했다. 체력과 정신력은 더 많이 소모되었지만, 인정의 순간은 없었다. 아이의 뿌리를 위해 나는 더 깊은 땅속으로 들어가야 했다. 오늘 파고, 내일 파고 그렇게 몇 년은 계속 그 자리에 머물러야 했다. 엄마의 역할은 처음이었기에 어느 정도의 시간이 필요한지 몰랐고, 나의 정성으로 아이가 커가는 모습을 보는 즐거움에 반비례해 한 존재로서의 나는 작아졌다. 일하는 친구들은 시간이 지날수록 경력을 더해, 땅 위로 꽃을 피우고 연둣빛 나뭇잎을 풍성히 키워갔다. 땅속에 있던 나는 그 푸르름이 부러워 조바심을 냈다.

나는 왜 아이에게 전념하지 못할까?

나는 왜 아이를 맡기고 내 일을 찾아 세상 속으로 뛰어들지 못할까?

정해놓은 틀 속에 나를 가둘 수 없어 질문만 끌어안은 채로

64

날마다 앓았다. 그러다 나같이 전업주부와 워킹맘 사이에 존재하는 사람들을 알게 되었다. 그들은 자신으로서 살기를 원하는 동시에 아이의 성장 과정도 함께하길 원했다. 그 사실을 깨닫고, 인정하는 데 오랜 시간이 걸렸다. 빨리 깨달았다면 좋았을 테지만 모호했던 감정이 선명해지는 데에는 얼마간의 시간이 필요했다.

한 가지 일에 몰두하는 사람들도 있지만, 그 사이에서 작은 웅덩이를 만드는 사람도 있다. 그들은 자신의 에너지를 몇 개로 나누어 쓴다. 엄마이지만 나로 살고 싶은 사람들. 세상이 정해놓은 속도보다 조금 느릴지 몰라도 엄마의 성장과 아이의 성장을 천천히 함께 돌본다. 2차선 도로 위로 나란히 달린다.

몇 년 동안 생각의 바다를 떠다니다가 발견한 〈낮워킹맘 섬〉에 발을 딛고 산다. 전업주부 섬, 워킹맘 섬. 두 개의 섬만 있는 것이 아니었다. 지금 이 순간에도 나와 비슷한 고민을 하는 사람들이 있을 것이다. 그들의 섬도 세상 어딘가에 존재한다고 말해주고 싶다.

내 삶을 고민하는 시간이 필요하다. 그래야 스스로 질문에 답을 할 수 있다. 고민의 끝에는 내가 정의 내린 나만의 섬이 기다리고 있을 것이다.

by 하연

주부의 세계

—

글을 쓰면서 사전 찾기라는 새로운 습관이 생겼다. 독서할 땐 문맥상 대충 이해할 수 있으면 그냥 넘어가곤 했는데 글쓰기에서는 대충이 통하지 않아 매번 검색을 해야 한다. 이런 과정을 통해 막연히 알고 있거나 엉뚱하게 알고 있던 용어들의 정확한 뜻을 알게 되면서 나에게 작은 변화가 생겼다. 삶을 바라보는 눈과 사유의 깊이가 조금씩 달라지기 시작한 것이다. 언어의 정확한 의미만 알아도 자신과 타인, 사회를 바라보는 시야가 넓어질 수 있음을 실감하는 순간들이었다.

그중 새롭게 알게 된 것이 주부의 세계다. 15년을 그 세계에 있었으면서도 몰라도 너무 몰랐던, 아니 너무 잘 안다고 생각해서 더 알 필요를 못 느꼈던 세계. 엄마들과 고민들을 함께 나누면서 미처 알지 못했던, 몰라서 헤매고, 몰라서 힘들었던 주부들의 세계를 좀 더 깊이 이해하게 되었다고나 할까?

독서 모임 멤버들의 공통점이 일하지 않는 엄마, 흔히 말하는 전업주부이다 보니 자연스럽게 일하지 않는 엄마들의 고충에 대해서 얘기하게 됐다. 워킹맘은 아니지만 그래도 나름 뭔가를 하는 엄마들의 삶에 대해 함께 고민하면서 우리는 주부에 대해서도 다시 생각해보게 되었다. 주부란 무엇일까?

주부主婦
主: 임금, 주인, 우두머리
婦: 며느리, 지어미, 아내

한자어의 조합으로 봐선 도통 무슨 뜻인지 모르겠다. 임금님 며느리? 임금님 아내(왕비)? 주인 며느리? 주인 지어미? 우두머리 아내? 뭐가 됐든 지위로는 주인, 임금님 급이다. 우리말 사전에서는 주부를 '한 가정의 살림살이를 맡아 꾸려가는 안주인', '한집안의 제사를 맡아 받드는 사람의 아내'라고 정의하고 있는데 사전적 의미로만 봐서는 결코 하찮은 존재가 아니다. 그렇다면 실제 주부들의 현실은 어떨까? 집안의 살림을 책임지는 주인인데 세입자 같은 느낌을 갖는 것은 나뿐일까? 그리고 주부는 한집안의 제사를 맡아 받드는 사람의 아내라는데 실제로 제사는 아내(여자) 차지다. 정작 제사를 맡은 남자들은 지방을 쓰고 절만 하는데 음식을 준비하고 차리고 치우는 모든 과정은 어쩌다 아내(여자) 몫이 됐을까. 제사가 여자들에게 어떤 짐을 지우는지는 장손의 며느리인 나의 엄마를 긴 세월 지켜봤기에 충분히 알고도 남는다. 명절 차례와 제사의 대부분은 할머니와 엄마의 몫이었다.

한 가정의 기본적인 구성원은 아빠, 엄마, 자녀다. 아빠, 주부, 자녀라고 하면 뭔가 이상하다. 엄마와 주부는 동의어가 아니기 때문이다. 그렇다면 도대체 주부란 무엇일까, 고민한 끝에 주부는 주로 집안일을 하는 사람에게 붙여진 이름에 불과하고 가족 구성원 중 누구나 주부가 될 수 있다는 나름의 결론을 내렸다. 아내보다 살림을 잘하는 남편이라면 남편이 주부 역할을 한다고 해서 이상할 게 없다는 얘기다(지금은 조선시대가 아니기에 얼마든지 가능하다). 실제로 그런 사례들이 있기도 하고.

그렇기에 주부라는 정체성에 괜히 기죽을 필요가 없다는 생각이 들었다. 집안일이 적성에 맞지 않는 괴로움은 있어도 집안일이나 하는 시시한 사람이라고 생각할 이유는 없는 것이다. 직장에서 하는 일보다 집안일이 덜 힘든 것도, 덜 중요한 것도 아니다. 물론 직접 해봐야 안다는 게 함정이긴 하다. 하지만 집안일 또한 적성에 맞고 재능이 있으면 얼마든지 신나게 할 수 있다. 여자든 남자든.

주변의 엄마들을 보면 워킹맘이든 낫워킹맘이든 그 내면에는 기본적으로 죄책감이 자리 잡고 있다. 일하는 엄마들은 상대적으로 소홀해질 수밖에 없는 육아에 대해서, 일하지 않는 엄마들은 경제력에 대해서 죄책감을 느낀다. 왜 그럴까? 대한민국의 엄마들은 기본적으로 투잡 이상을 뛰는 능력자들인데 어째서 늘 미안해하고, 발을 동동 굴러야만 하는 걸까?

남편들을 탓하고 싶진 않다. 사회를 탓하자는 것도 아니다. 탓한들 누구의 책임도 아니거니와 그 뿌리가 이미 너무 깊다. 다만 생각을 조금 바꿔보면 어떨까 싶다. 워킹맘이든 아니든 더 이상 자책하지 말자는 것이다. 내가 더 잘할 수 있는 일을 선택하고 거기에 최선을 다하는 것이 우선 아닐까? 살림은 젬병인데 집안일에만 매달리면서 자존감을 깎아먹을 필요도 없고, 살림과 육아가 체질인데 아침마다 우는 아이의 손을 뿌리치고 굳이 직장을 고집할 필요도 없지 않나? 지금이 어떤 시대인가? N잡러, 부캐, 디지털 노마드가 대세인 시대다. 이제는 엄마들도 할 수 있는 일이 많아졌다. 사실 육아와 가사, 투잡이 기본인 주부야말로 N잡러의 원조가 아닌가? 그러니 무엇인들 못할까. 지금이 바로 새로운 주부의 세계를 만들어갈 절호의 기회인지도 모른다.

by 정오

실험실의 랩걸들

—

글쓰기 수업이라. 작가는 쓰고 싶어서 쓰기보다는 써야 해서, 쓰지 않으면 병이 날 것 같아서 쓰기 시작한 사람들일지도 모른다. 글 쓰는 법을 알아서가 아니라 글을 안 쓰는 방법을 모르는 사람들은 아닐까. 글쓰기 수업은 어떻게 해야 하는 것일까.

　나에게 '작가'라는 단어는 단순히 직업이 아니라 어떤 정신 같은 것이 담긴 단어였다. 세상의 타박에도 자신의 신념과 고집을 꺾지 않겠다는 올곧음, 무엇보다 돈과 타협하지 않겠다는 반자본주의적 시대정신, 세상이 말하는 정답과는 정반대로 나아가고자 하는 묘한 아집 같은 것을 소위 '작가'라는 사람들은 갖고 있는 것 같았다. 그래서 그들에게는 범접할 수 없는 아우라가 느껴졌다. 나처럼 평범한 정서를 가진 사람은 감히 작가가 될 수 없을 것 같은, 왠지 색깔로 치면 검은 보랏빛 같은 아우라.

　그 아우라가 신기루에 지나지 않음을 깨달은 건 내가 작가가 되고 나서였다. 문예창작과 출신도 아니고, 신춘문예나 이상문학상 같은 듣기만 해도 왠지 고고하게 느껴지는 곳에 글을 보내본 적도 없거니와 책을 많이 읽은 다독가도 아닌 내가 글을 쓰고 책까지 내게 된 건 그저 물살이 하고 바람이 하는 일과 다르지 않았다. 물살이 모래를 해변 가로 밀어냈다 돌아가고, 때가 되면 바람이 나뭇잎을 떨어뜨리는 그런 자연스러운 일 말이다. 나는 천재여서, 혹은 작가로 태어나서가 아니라 한 선생의 격한 칭찬 한 마디에 삶의 방향을 그쪽으로 틀었을 뿐이고, 추진력이 좋은 작은 모터보트 같았던 어린 내가 꾸역꾸역 목적지를 향해 나아갔을 뿐이다.

그렇게 스물세 살에 처음 책을 낸 후 두 권의 책을 더 낸 건 일종의 책임감 때문이었다. 작가라는 이름표를 달고 보니 그 이름의 무게가 느껴져서, 공짜로 얻은 그 이름이 부끄럽지 않으려고 아등바등 글을 썼다. 어려서부터 혼잣말을 많이 하던 버릇 탓인지 내가 쓴 글들은 잘 읽히는 편이었고 나의 글을 찾는 사람들도 점차 생겨났다. 그렇게 출판계에 발을 들이고 나니 나 같은 통통배는 감히 닿을 수 없을 것 같았던 거대한 섬 같은 대작가들도 만나게 되었고, 또 그들이 생각보다 '일반인'에 가까울 뿐만 아니라 글을 쓰는 행위도 돈을 벌기 위해 출근하는 행위와 그 목적과 의미가 크게 다르지 않음을 깨닫게 되었다(세상 그 어떤 사람도 구체적인 삶을 들여다보면 별 볼 일 없다는 세상의 진리는 덤으로). 그렇다. 작가는 분명 아무나 될 수 있었다. 다만 아무나 되고 싶어 하지 않을 뿐이다.

　내가 글쓰기 수업을 시작하게 된 건 이런 이유다. 나처럼 작은 통통배들을 어떤 목적지로 끌고 가보겠다는 굳은 심산. 그 대가로 '작가'라는 이름의 무게를 나눠 짊어지겠다는 얄은 수작. 그리고 근 10년의 개인사에 조금 살을 붙여보고자 하는 조금은 원대한 야심. 그렇게 시작된 글쓰기 클래스가 벌써 계절이 바뀌도록 이어지고 있다.

　'글쓰기'로 모인 사람들이 어느새 '글쓰기'가 아닌 다른 것을 하고 있는 수요일 11시 팀은 나에겐 실험실 같은 곳이기도 하다. 그들은 얼떨결에 수강생에서 같은 실험실의 랩걸이 되었다. 다만 우리가 실험하는 일은 세상에 반기를 드는 행동과는 거리가 멀다. 어쩌면 조금 더 수긍적이고 따뜻하고 몰캉하다. 안주하는 것과는 결이 다르지만 그렇다고 주어진 현실에서 발을 떼는 것이 아니라 그 현실에 굳게 발을 딛고 있다. 대신 그 안에서 굳어지는 것 대신에 꿈틀대는 것을 택했을 뿐. 그래서 우리가 가지는 아우라는 올곧음과 반자본주의적 시대정신, 아집이 아니라 유연함과 세상을 품는 따뜻한 시대정신, 그리고 자신만의 신념이다.

　오늘도 서점의 블라인드를 내리고 실험실을 연다. 우리는 이곳에서 한 달 만에 네 권의 단편소설을 지었고, 가끔 라탄을 엮기도 했으며, 어떤 날은 집에 있는 물건들을 가지고 나와 플리마켓을 열기도 했다. 목적은 단 하나. 글을 쓰기 위함이다. 저명한 과학지에 실릴 논문은 못 되더라도 누군가의 책장에 꽂힐 작은 책 한 권이 되기를 소망하는 사람들의 열기로 오늘도 실험실에는 뿌연 입김이 서린다.

by 보라

공주, 로봇을 사들이자

—

엄마는 늘 분주했다. 아침 8시까지 바쁜 아침을 보냈고, 그 후 엔 바로 출근을 했다. 종일 서서 일하는 직업을 가졌던 엄마는 집에 돌아오면 매일 앓는 소리를 했다. 그런 엄마를 도와 설거 지라도 조금 거들라 치면 엄마는 엉덩이로 주방을 점령하고 내 게 이렇게 말씀하셨다.

"나중에 시집가서 해도 돼. 설거지도 평생 할 텐데, 벌써부 터 손에 물 묻히고 살지 마라."

딸은 고생하며 살지 않길 바랐던 엄마는 본인의 희생으로 나를 공주처럼 키웠다. 우리 집엔 그 흔한 전자레인지도 없었 다. 일을 하는 엄마였지만 삼시 세끼 집 반찬으로 배를 채우길 바랐고, 라면이나 레토르트 음식, 간식도 거의 먹이지 않고 나 를 키웠다. 엄마는 퇴근하면 옷도 갈아입지 않은 채 뚝딱 집밥 을 차려주셨고, 걸레질도 기계는 믿지 못하고 못쓰게 된 수건을 두 번 접어 손걸레질로 바닥을 훔쳤다. 빨래도 양이 작으면 욕 조에 넣고 발로 꾹꾹 밟아 때를 빼고 손으로 비볐다. 나는 늘 공주처럼 한발 뒤로 물러나 그런 엄마의 뒷모습만 지켜봤다. 그것이 당연히 '엄마의 일'이라고 생각하면서.

하지만 결혼을 하고 보니 나 또한 '건조하고 쪼그라드는 이 손이 정말 내 손 맞나?' 의아해하며 매일 핸드크림을 손등에 짜서 비볐다. 손가락 사이에 끼워져 있는 결혼반지만이 세월을 비껴간 듯, 홀로 반짝이고 있었다. 엄마 때와 비교하면 손으로 하는 일이 몇 배쯤 줄어들었고, 세월과 함께 많은 것이 변했어도 집안일은 여전히 끝이 없다. 직장처럼 정해진 시간이 있으면 좋으련만, 늘 아이들 뒷바라지에 정리정돈까지 하다 보면 쉴 틈이 없었다. 무급으로 하는 노동치고는 한때 공주였던 내가 느끼기에 엄마라는 직업은 그야말로 극한직업이다.

집안일을 혼자 잘해오다가도, 어느 순간 남편과 부딪힐 때가 있다. 집안일은 하찮은 것이고, 바깥일은 대단한 것처럼 치부될 때, 그리고 회사와 관련된 일은 다 참아줘야 하는 순간에, 내가 뱉은 작은 투덜거림에 "그렇게 힘들면 네가 대신 돈 벌어 보시든가!"라고 응수할 때 나는 무너지고 초라해진다. 마음에 매질을 당하는 순간 눈에서 뜨거운 눈물이 주르륵 흘러내린다. 가족의 생계를 책임지는 남편의 일처럼 가족의 '생활'을 책임지는 나의 일도 존중받아야 마땅한 일인 것을. 끝이 없는 집안일에 남편이 한 발짝 발을 들여놓는 순간, 아내의 존재는 덧없이 강하게 느껴질 것이다.

　버거운 집안일을 하느라 체력을 소모하지 말고 기계에 맡길 수 있는 것은 최대한 맡기기로 했다. 생일 선물로 가방이나 액세서리 대신 로봇청소기, 음식물 처리기, 식기세척기, 건조기 같은 생활가전을 사들였다. 집안일을 한다고 월급이 나오는 것도 아니므로 실용적인 물건을 사들이는 것으로 대신한다고 생각하니 억울한 마음이 조금 누그러들었다.

　로봇청소기는 우리 집에서 가장 부지런히 움직이는 기계다. 아침이면 아이들이 지나간 자리를 치우며 바닥을 정리하고, 청소기 버튼을 누른다. 걸레질까지 맡기고 나는 그사이에 다른 일을 할 수 있다. 음식물 처리기 또한 엘리베이터를 탈 때 자유로운 두 손을 선물해주었다. 식기세척기는 말할 필요도 없다. 간혹 어떤 사람들은 식기세척기가 있어도 애벌세척까지 한 그릇들을 줄 세워놓을 시간에 차라리 후다닥 해치우는 것이 속편하다고 말한다. 하지만 그건 하나만 알고 둘은 모르는 소리다. 속이 터질지언정 내 손은 트지 않는다는 걸 말이다. 손으로 설거지를 할 때는 그릇이 너무 많으면 스트레스가 곱절이었지만, 식기세척기는 설거지감이 많을수록 '득템'하는 기분도 든다. 컵과 그릇으로 꽉 채운 식기세척기가 돌아갈 때면 그렇게 기분이 좋다. 내 기분을 이리도 좋게 만들어주는 걸 보면 기계들은 아마 우리가 모르는 따뜻한 심장을 가지고 있는지도 모른다.

　나는 전업주부이지만, 이제는 내가 집안일을 모두 하지 않는다고 죄책감을 느끼지 않는다. 일의 효율성을 따진다면 더욱 그렇다. 집안일을 하느라 썼던 시간을 다른 가치 있는 시간으로 바꾼 것이 왜 눈치 볼 일인가. 중요한 것은 가족을 생각하는 마음 아닐까. 한때는 공주였던 모든 여성들에게 권한다. 이제는 집안일보다 '나'에게 투자해보자고.

by 정선

우리도 생색 좀 낼까요?

—

밑 빠진 독에 물 붓는 일, 아무리 공들여도 한순간에 무너지는 일, 열심히 해도 생색낼 수 없는 일…. 이것들의 공통점은 뭘까? 여러 가지 대답이 나올 수 있겠지만 혹자는 그중 하나가 집안일이라고 생각한다.

집안일.

사전에서 찾아보니 '살림을 꾸려 나가면서 해야 하는 여러 가지 일. 빨래, 밥하기, 청소 따위를 이른다', '자기 집이나 가까운 친척 집에 생기는 일이나 행사'라고 나온다. 집안일을 '가사家事'라고도 하는데 '가사'의 뜻은 '살림살이에 관한 일, 한집안의 사사로운 일'이란다. 찾아본 김에 살림의 뜻도 찾아봤다. 살림은 '한집안을 이루어 살아가는 일'이란다. '아! 그렇구나' 하고 넘어가기엔 뭔가 살짝 불편하다. 나의 자존감 문제일까? 아니면 문해력의 문제일까? 그것도 아니면 내 속이 배배 꼬인 걸까? '빨래, 밥하기, 청소 따위! 사사로운 일!'이란 구절만 매직아이처럼 두드러져 보이니 말이다. 사사로운 일 따위라니! 그런 사사로운 일 따위에 자존감, 자신감 박살 난 전업주부들 기 살려주는 의미에서 '사사로워 보여도 누군가는 하지 않으면 안 되는 절대적 사명'이란 뜻을 덧붙여주면 어떨까? 사전에서는 집안일을 주부가 하는 일이라고 정의하지 않았지만 '집안일= 주부의 일', '주부=경제력이 없이 집안일 하는 사람'이라는 비 공식적인 공식이 통하는 이 사회에서 주부들은 여전히 사사로 운 일 따위나 하는 여자들로 폄하되고 있다는 건 부인할 수가 없다.

한편 집안일은 말 그대로 일이다. 그리고 일은 '무엇을 이루 거나 적절한 대가를 받기 위하여 어떤 장소에서 일정한 시간 동 안 몸을 움직이거나 머리를 쓰는 활동 또는 그 활동의 대상'이 라고 한다. 그런데 집안일은 대가나 보상이 없다. 가정의 화목? 가족의 건강? 여기에서 오는 보람이 보상의 전부라고 하기엔 뭔가 좀 불편하다. 우리 사회에서는 누군가는 꼭 해야 하는, 집 안일을 하는 사람을 마치 능력이 없는 사람처럼 여기니 말이다.

"나는 엄마가 제일 부러워!"

"왜?"

"집에서 노니까."

"자기는 좋겠다."

"왜?"

"회사 안 가도 되니까."

우리 집 대화에서 나는 집에서 노는 사람이다. 집안일이 언제부터 놀이가 됐지? 요즘 말로 '킹'받는 일이다! 인정은커녕 팔자 편한 백수로 보는 가족에게 "나 오늘 집안일 하느라 힘들었어"라고 말하면 돌아오는 말, "그럼 당신이 돈 벌어와, 내가 집안일 할게." (우리 집만 그런 걸까요?)

주부가 '나 오늘 청소했어!' '나 오늘 설거지했어!' '나 오늘 빨래했어!'라고 말하면 어떤 반응이 나올까? 고생했다고, 고맙다고 말해줄 사람이 있을까?

아마도 이상한 아줌마 쳐다보듯 "뭐래?", "그래서 어쩌라고?" 하는 반응이 먼저 나올지도.

그런데 신기한 건 남편이 '내가 오늘 청소했어!' '내가 설거지할게'라고 하면 응당 "어머! 고마워라!", "어머! 남편 최고!"라고 반응해야 한다. 매일 하는 사람도 못 내는 생색을(생색을 내는 것 자체가 이상한 일이다) 어쩌다 한 번 하는 사람은 어찌 이리도 당당하게 생색을 낼 수 있단 말인가?

생색. '다른 사람 앞에 당당히 나설 수 있거나 자랑할 수 있는 체면', '활기 있는 기색'이라는 뜻이다. 그렇다면 남편이 집안일을 하는 건 당당하게 자랑할 만한 일이고, 아내가 집안일을 하는 건 당당히 자랑할 만한 일이 아니라는 건가? 왜 남편은 생색내기가 되고 아내는 안 되는 걸까? (이것도 우리 집만 그런가요?)

생색은커녕 어쩌다 약속이 있어서 집안일이나 아이를 부탁할 때면 눈치가 보이고 미안한 마음이 드는 이유는 뭘까? 직무유기라서? 이 감정이 어디서 오는지 참 알 수 없는 노릇이다.

다시 한번 말하지만 집안일도 일이다. 집안일(가사와 육아)도 한 가정을 꾸려 나가는 데 있어서 경제활동만큼이나 중요하고 가치 있는 일이다. 엄연한 일이기에 책임도 따르지만 그만큼의 보상을 받을 권리도 있다고 생각한다. 집안일은 봉사가 아니다. 희생과 책임만 강요해선 안 된다고 본다. 누가 하든 집안일도 신뢰와 존중, 지지와 인정이 필요하다. 결코 사사로운 일이 아니기에 누가 하든 당당하게 생색낼 수 있는 일이다. 이젠 세상 모든 주부들이 가정의 살림살이를 맡아 꾸려가는 안주인답게 주부 역할에 자부심을 가지고 생색내며 살았으면 좋겠다.

by 정오

엄마 메뉴판

—

"아이 하나야?"
"애가 외로워서 어째?"
"하나 더 낳아야지."

계속 반복해서 들어왔고 지금도 듣는 말이다. 이런 말들을 하나씩 쌓아 올리면 아파트 몇 동은 되지 않을까? 아이가 태어나고 밤낮없이 기계처럼 몸을 움직일 때도 스쳐 지나가는 사람들은 이런 말을 쉽게 건넸다. 무심코 건넨 말이었지만 당사자의 생각이나 사정이 배제된 말들은 폭력이었다.

어른들이 하는 수많은 질문에는 틀이 존재했다. '엄마, 아빠, 딸, 아들로 구성된 4인 가족'이라는 틀에서 벗어나면 질문은 다음과 같이 바뀐다.

아들이 둘이면, "딸 하나는 있어야지."
딸이 둘이면, "아들 하나 있어야지."

아이가 셋이면 "많이도 낳았네. 둘만 낳지."

있는 그대로를 인정하는 말은 듣기 어렵다. 그들이 생각하는 틀에 맞지 않는 가족 구성이면 왜 비정상인 것처럼 여기는 것일까. 꼭 나를 향한 말이 아니더라도 이런 말은 듣기에 불편했다. 정작 그 말을 하는 사람조차도 저 4인 가족 기준에 꼭 들어맞는 경우는 많지 않았다. 가족 형태에만 어떤 틀이 있는 게 아니었다. '엄마' 역할에도 정해놓은 틀이 있었다.

우리 집은 아침에 시리얼, 빵, 과일, 죽 등 간편식으로 먹는다. 아이의 학원은 걸어서 갈 수 있는 거리에서 정하고, 아이 스스로 걸어간다. 아이의 옷은 일주일 동안 모아두었다가 주 1회 세탁을 한다. 내가 정한 '엄마'의 역할은 내 체력과 상황에 맞게 설계되어 있다.

하지만 가끔 전통적인 엄마의 틀에 비춰보면 묘한 죄책감이 들기도 한다(우리 엄마가 내게 해준 것만 생각하더라도 거리가 있어 더 그렇게 느끼는지도 모르겠다).

아침에는 아이에게 따뜻한 국과 반찬을 먹여야 하는 것 아닐까?

유명한 학원을 알아보고, 먼 곳이라면 내가 운전을 해서 학원에 데려다주어야 하는 것 아닐까?

세탁은 주 2~3회는 해야 하는 거 아닌가?

이런 생각들이 스쳤다.

내 삶의 주체는 나이고, 우리 가족의 문화도 우리가 만들어 가는 것인데 밖의 잣대가 내 안으로 밀려 들어왔다. 왜 그런 것일까? 내가 정한 내 삶인데 왜 죄책감이 드는 것일까?

생각해보니 자라면서 내가 본 '엄마'의 역할은 다양하지 않았다. 자식을 위해 희생하는 엄마의 모습을 보며 자랐고, 영화·드라마·미디어에 등장하는 엄마들도 크게 다르지 않았다. 보고 들은 엄마의 역할이 고스란히 내게 스며들었다. 다르게 생각하고 다른 태도로 살려고 해도 마음이 생각을 따라오지 못했다.

독서 모임에서 만난 정선도 아이를 키우고 있었다. 그녀는 독서 모임이 늦게 끝나면 휴대폰을 켜서 아이에게 말했다.

"○○아, 곧 학원 갈 시간이야. 옷 입고 준비하고 10분 후에 나가."

화면 안에서 아이의 목소리가 메아리쳤다.

"알았어, 엄마."

집 거실에 CCTV가 있어 영상을 보며 아이에게 말을 했다. 최첨단이라는 단어를 눈앞에서 목격하는 순간이었다. 그녀가 말한 엄마의 모습은 신선했다.

"주부는 연봉이 없잖아요. 돈을 받지 않으니 노동을 축소해야죠. 집안일 대부분에 가전제품을 활용해요. 명품 가방보다는 가전제품 사는 게 저한테 도움이 돼서 특별한 날이면 가방 대신 기계를 사요. 집안일에 누군가를 고용하는 거죠. 설거지는 식기세척기를, 청소는 로봇청소기를, 빨래는 건조기를, 식사는 반찬 가게를….”

회사에도 부서별 직원이 있는 것처럼, 그녀는 집안일도 부서별 기계 직원에게 맡겼다. 뿐만 아니라 정선은 자신의 성장을 위해 뭔가 배우는 일에도 부지런했다.

“취미가 많은 것 같은데, 어떤 것 배워봤어요?”

“사진 좋아해서 출사도 다녀보고, 꼭 가서 바닷속 보려고 프리다이빙도 배워봤고요. 스카이다이빙, 패러글라이딩, 골프 등등….”

“골프도 배웠구나. 언제 배웠어요?”

그녀의 이야기를 들으면서, 엄마라면 개인 시간이 부족할 텐데 어떻게 이 많은 걸 배울 수 있었을까 궁금했다.

“새벽에 남편이 출근할 때 연습장에 태워다줘요. 한두 시간 연습하고 집으로 돌아와 아이들 등원 준비를 했어요.”

내게는 불가능한 일이라고 여겼던 혼자만의 아침 시간이 그녀에게는 가능했다. 그러려면 부지런해야 했고 생각의 틀을 깨야 했다.

어느 날에는 정선이 자전거 대신 차를 타고 왔다. 쏘카라는 공유 자동차라고 했다. 남편이 차를 가져가는 날에는 종종 택시를 타기도 했는데, 택시보다 시간 활용이 좋아 쏘카를 이용한다고 했다. 쏘카로 좀 멀리 있는 책방에 가기도 하고, 아이들을 병원에 데려가기도 하고, 여러모로 편리하다고 했다. 그녀의 이야기를 듣고 있으면 내가 엄마라는 이름으로 포기한 것들이 떠올랐다.

동네 구석구석까지 마을버스가 다니는 서울에 살다가 결혼 후 버스도 별로 없고, 택시도 잘 잡히지 않는 지방에서 산 적이 있다. 정말 발이 꽁꽁 묶인 것 같았다. 미술관이나 도서관에 가고 싶어도 교통편이 불편해서 마음을 접곤 했었다. 활동 반경이 좁아지니, 덩달아 마음의 평수도 좁아졌다.

붕어빵처럼 똑같은 모양의 엄마 말고, 정선처럼 자기만의 색깔을 가진 엄마가 더 많아졌으면 좋겠다. 엄마도 한 가지 틀이 아닌 천 가지, 아니 그 이상의 모습이 생기길 바라본다. 남이 정해놓은 틀에 갇히지 않고 자기만의 엄마상을 창조하다 보면 엄마의 세계가 우주처럼 광활해지지 않을까.

by 하연

좋은 맘 나쁜 맘 이상한 맘

—

〈좋은 놈 나쁜 놈 이상한 놈〉. 영화 내용은 몰라도 제목은 누구나 한 번쯤 들어봤을 것이다. 아무리 생각해도 제목 하나 끝내주게 잘 지은 것 같다. 얼마나 깔끔하고 명확한 분류인가. 우리가 비록 복잡계를 살고 있다고 하지만 웬만한 건 이 세 가지로 나눌 수 있을 것 같다. 엄마도 그렇다.

좋은 맘

먼저 좋은 엄마란 어떤 엄마일까 생각해본다. 맹자의 어머니, 율곡의 어머니 신사임당, 에디슨의 어머니, 김연아, 손흥민 어머니 정도는 되어야 좋은 엄마일까? 사실 좋은 엄마의 기준부터가 모호하긴 하다. 주관적이고 상대적인 잣대로 좋다 나쁘다 할 수는 없기 때문이다. 나를 낳아주고 키워주신 나의 엄마는 좋은 맘이었을까? 물론 좋은 맘이었다. 세상 사람들은 어떻게 평가할지 몰라도 나에겐 최고의 엄마였으니까. 그렇다고 엄마 같은 엄마가 되고 싶으냐고 물으면 그건 또 다른 문제인 것 같다. 이유는 무엇일까? 역시 선뜻 대답하기 어렵다.

그럼 어떻게 해야 좋은 엄마가 될 수 있을까? 그냥 최선을 다하면 되는 걸까? 내 자녀가 '우리 엄마 최고!'라고 외쳐주면 좋은 엄마가 되는 걸까? 남편 내조에 아이들 교육은 기본이고 시댁 식구까지 잘 챙기는 현모양처형 엄마들, 희생과 헌신으로 무장한 나이팅게일급의 천사표 엄마들, 원더우먼급 멘털과 초능력을 가진 히어로에 가까운 엄마들이 좋은 엄마라면 나는 이.생.망.이다.

나쁜 맘

좋은 맘은 정의하기도 찾아보기도 어렵지만 나쁜 맘은 비교적 쉽게 구분이 된다. 뉴스에 등장하는 계모들은 동화 속 계모는 명함도 내밀지 못할 정도로 나쁜 엄마들이 대부분이다. 인간의 탈을 쓰고 어떻게 그럴 수 있을까 싶지만 계모, 계부는 동서고금을 막론하고 그럴 수도 있는 것 같다. 정말 이해할 수 없는 건 친부모인 경우다. 아이를 베란다에 쇠사슬로 묶어놓질 않나, 욕실에 가둬두고 냄새난다고 락스를 뿌리질 않나, 캐리어에 가둬두기까지 하는 그들을 과연 부모라 할 수 있을까? 아니 사람이긴 할까? 부모가 게임에 빠져 있는 동안 갓난아이가 아사

하는가 하면 소파에서 떨어졌다는 아이의 온몸이 학대 흔적으로 가득했다는 뉴스를 보면서 악마를 떠올렸다. 아마도 나쁜 맘이란 그런 엄마들을 두고 하는 말일 것이다.

그런데 정말 이런 엄마들만 나쁜 엄마일까? 언젠가 대형마트 앞에서 아이에게 손찌검을 하는 엄마를 본 적이 있다. 열중 쉬어 자세로 고개를 숙이고 있는 아이. 일곱 살쯤 됐을까? 엄마의 손찌검에 아이의 안경이 날아갔다. 겁먹은 아이는 휘청이던 자세를 다시 곧추세웠다. 아이에게 안경 안 줍고 뭐 하냐며 소리를 지르는 엄마. 손찌검도 모자라 엄마의 입에선 저주에 가까운 협박이 계속해서 쏟아졌다. '친엄마가 맞을까? 아이가 잘못을 했으면 얼마나 했길래 저렇게까지 혼낼까? 아이는 얼마나 무섭고 또 창피할까? 마침 사람들이 많은 시간은 아니었지만 공공장소인데….' 하루 종일 그 장면이 머릿속에서 떠나질 않았다. 나는 그 엄마를 나쁜 엄마로 낙인찍으면서 나중에 저런 엄마는 절대 되지 말아야겠다고 생각했다.

그 후 세월이 흘렀고 나도 한 아이의 엄마가 되었다. 눈에 넣어도 아프지 않다는 말도 엄마가 되고 나서야 알았지만 '미운 네 살 미친 일곱 살'이란 말의 실체도 엄마가 되고 나서야 비로소 알게 됐다. 그리고 깨달았다. 나에게도 나쁜 엄마의 피가

흐른다는 사실을. 내 안에도 무시무시한 헐크가 숨어 있다는 걸. 아이가 미운 일곱 살이 지나면서 아이 몸에 손만 안 댈 뿐이지 때와 장소를 가리지 않는 언성과 협박은 계속됐다. 아이가 '창피하니까 밖에서만큼은 제발 좀 조용히 하라'고 하는데도 한번 열이 받으면 통제하기가 쉽지 않았다. 어느 날은 학원 버스를 타러 가는 길이었는데 몇 번을 말해도 꼭 닥쳐서야 준비하는 아이에게 몹시 화가 난 상태였다. 집에서 버스 타는 곳까지 걸어가면서도 꼬박꼬박 말대꾸를 하길래 순간 욱하고 나도 모르게 (과연 몰랐을까?) 우산으로 아이의 우산을 내리쳤다. 순간 아이도 놀랐고 나도 놀랐다. 하지만 후회하기엔 이미 늦었다. 내 안의 헐크는 이미 뛰쳐나왔고 아이의 우산엔 작은 구멍이 났다. 과연 아이의 우산에만 구멍이 났을까? 놀란 아이의 마음엔 더 큰 구멍이 나지 않았을까? 버스는 떠났고 그 자리엔 나쁜 엄마만 덩그러니 서 있었다.

이상한 맘

이상한 맘은 좋은 엄마와 나쁜 엄마 사이 어디쯤에 있는 엄마들이지 싶다. 어쩌면 많은 엄마들이 이상한 엄마에 속할지도 모르겠다. 좋은 엄마가 되고 싶어 하고 또 나름대로 최선을 다하기도 하지만… 그럼에도 불구하고 '우리 엄만 이상해'라는 소리를 더 많이 듣는 엄마들. 엄마 매뉴얼이 따로 없다 보니 나름의 소신을 가지고 살아가는 엄마들은 누군가에겐 이상한 존재로 비칠 수밖에 없다. 하루 종일 책만 보는 엄마도 이상하고, 아이들 건강을 위한다는 유기농맘도 이상하고, 엄마가 행복해야 아이도 행복하다며 엄마의 행복을 먼저 챙기는 엄마도 이상하다. 헬리콥터맘도 돼지맘도 다 자녀를 위한 건데 어딘가 이상하다.

세상에서 가장 좋은 엄마도 사춘기 아이에겐 이상한 엄마가 된다(나쁜 엄마가 아닌 것만으로도 다행일지도). 사춘기 아이들에게 엄마는 그저 하찮은 존재다. 아이 휴대폰 연락처에서 엄마를 찾지 못했다는 얘기를 들은 적이 있다('엄마' 대신 이상한 단어들이 대신한단다). 엄마들이 변한 걸까? 아니면 아이들이 변한 걸까? 아님 둘 다? 그냥 이상한 엄마에 이상한 자녀인 걸까? 그들은 또 그렇게 이상한 부모가 되는 걸까?

훌륭한 엄마까지는 아니더라도 좋은 엄마가 되고 싶었다. 아니 그런 때가 있었다. 그래서 한때는 좌절과 절망 속에서 혼란스러운 시간을 보내기도 했다. 좋은 엄마…. 그 기준은 세상이 만들어주는 것도 아니고, 옆집 엄마가 가르쳐주는 것도 아니고, 드라마가 알려주는 것도 아니었다. 좋은 엄마가 되려면 가장 먼저 해야 할 일이 비교하는 걸 멈추는 것이었다.

요리를 잘하는 엄마들(아이들 간식도 요리 잡지에나 나올 만한 퀄리티에 근사한 플레이팅까지), 청소를 잘하는 엄마들(매일 창틀까지 닦으며 집을 모델하우스처럼 가꾸는), 아이들 교육 정보통인 엄마들(잘나가는 학원 원투쓰리를 다 꿰고 있는), 엄마표 공부에 달인인 엄마들(내 눈엔 그저 리스펙트한 엄마들), 세상 부지런한 엄마들(그녀들의 하루는 24시간이 아닌 듯), 경제관념이 탁월해서 재테크에 열심인 엄마들(자신들의 노후와 아이들의 미래 청사진이 이미 다 그려져 있다), 아이들에게 공감해주고 소통이 되는 엄마들(나의 희망사항), 자기계발에 힘쓰는 엄마들(엄마가 행복해야 아이도 행복하다는 이론에 따라), 직장에 다니느라 주말에만 엄마가 되는 엄마들(평소의 미안한 마음을 보상하고자 캠핑, 체험학습 등 주말 이벤트가 많다).

이런 엄마를 보면 이래서 기가 죽고 저런 엄마를 보면 저래서 위축되는 시간들이 많았다. 나는 이것도 못해, 저것도 못해, 도대체 할 줄 아는 게 하나도 없는 엄마였다. 경제력도 없어, 특별한 재능도 없어, 열정도 없어, 의욕도 없어, 체력까지 없어…. 무의 경지란 이런 걸까? 비교하려고 시작한 게 아니었는데 결국 관찰 대상들에게 비교만 당한 꼴이 되고 말았다.

세상엔 다양한 엄마들이 있는데, 어떤 엄마들을 좋은 엄마

라고 규정하고 롤모델로 삼게 되면 지옥의 나락으로 떨어지는
건 한순간이었다. 그들과 같지 않은, 같을 수 없는 나는 졸지에
나쁜 엄마가 되어버리니까. 아무리 기를 써도 안 되는 건 안 되
는 거니까. 다른 엄마들과 비교하는 한 좋은 엄마는 절대 될 수
없다는 걸 알기까지 지어야 했던 나의 한숨과 눈물이란….

　내 수준에 맞게 내 능력에 맞게, 내 기질과 취향 안에서 진심
을 다하는 것. 그것만이 내가 할 수 있는 일이라는 걸 이제는 안
다. 가뜩이나 비교와 경쟁이 아이들 숨통을 조이고 있는 세상에
서 내 아이에게 숨 쉴 수 있는 곁을 내어주는 엄마가 되려면 나
부터 다른 엄마와 비교하는 걸 멈춰야 했다. 좋은 엄마의 모습
에 연연하지 않아야 했다. 세상은 어쩌면 이상한 엄마들이 만들
어가는 것일지 모르니까. 좋은 맘, 나쁜 맘 말고도 이상한 맘들
이 있어서 참 다행이란 생각이 든다.

by 정오

라탄 같은 인생

—

그날은 소비자가 아닌 생산자가 되었다. 라탄 가방을 좋아해서 종류별로 산 적은 있지만 내가 직접 만들어본 적은 없었다. 글쓰기 모임에서 완성된 소설을 점검하기 전, 한 주를 쉬어가기 위해 라탄 클래스를 열기로 했다. 바구니, 가방, 시계, 쟁반, 전등 등 각자 만들고 싶은 것을 골랐는데 나는 연필꽂이를 만들기로 했다. 바닥이 되는 동그란 판에 구멍이 뚫려 있고, 그 구멍에 라탄 환심(나무 실)을 꽂아서 세로로 여러 개를 세웠다. 건축으로 치면 세로의 나무 실은 기둥 역할을 했다. 여러 개의 기둥을 바탕으로 가로로 나무 실을 두르는데, 기둥 안으로 들어갔다가 나오기를 반복하면 한 줄이 완성되고, 그 위로 이번에는 반대로 쌓아 올리면 두 번째 줄이 완성된다.

시작하기 전, 보라가 나무 심지들을 물에 담가놓았다. 물기를 머금어야 나무가 부드러워진다고 했다. 촉촉해진 나무 실은 조금 단단한 고무줄처럼 자유롭게 휘어졌다. 한 바퀴 두르다가 물기가 증발하면 분무기로 물을 뿌려 다시 촉촉하게 만들었다.

수분이 날아가 딱딱해진 나무 실은 '툭' 하고 부러졌다. 물 뿌리는 걸 까먹고 중간에 박혀 있는 것이 부러지면 꽤나 난감하기 때문에 자주 물을 뿌렸다. 만드는 과정에서 중요한 것은, 첫 번째 촉촉함을 유지하는 것이었고, 두 번째 세로의 기둥들이 삐뚤어지지 않도록 중간중간 곧게 밀어주는 것이었다.

어디 라탄환심뿐이겠는가?

사람도 촉촉해야 부드럽고 너그러워진다. 딱딱하고 건조한 마음은 쉽게 화가 나고 부러져 누군가에게 상처를 주기 쉬웠다.

인생에도 촉촉한 시기가 있고 딱딱한 시기가 있다. 마음과 시간의 여유가 없을 때면 스스로 건조해지는 줄도 모르다가, 결국 부러졌다. 조금이라도 뻑뻑해지면 나를 챙겨야 하는 시간인 것이다. 산책을 하고, 맛있는 걸 먹고, 친구를 만나 마음을 털어놓는 등 분무기로 물을 뿌려 나를 촉촉하게 해야 했다. 라탄 연필꽂이를 만들면서 이런 생각들이 스쳤다.

초반에는 한 줄 한 줄씩 엮을 때, 신이 났다. 처음 해보는 작업이 재미있어 종알거렸다. 시간이 흐를수록 반복적인 동작이 지루해지기 시작했다. 오랜 시간 한 거 같은데 반밖에 못한 걸 알았을 때, 갑자기 기분의 셔터가 내려갔다.

'언제 다 하지?'라는 생각이 들면서 표정이 석고상처럼 굳어졌고, 움직임에 활기가 줄어들었다. 손을 살랑거리며 신나서 하던 한 시간 전의 모습은 어디론가 사라졌다. 시차를 두고 나타난 두 개의 기분이 낯설었다. 그 순간, 이런 생각이 들었다. 매뉴얼에 있는 방법 말고 다른 방법이 없을까? 속도를 내고 싶은 마음과 완성하고 싶은 마음이 새로운 방법을 찾게 했다.

'한 줄 말고 두 줄로 해볼까? 시험도 아닌데, 내 마음대로 해도 되잖아.'

지루함이 빚어낸 창의성이었다. 두 줄로 엮기 시작했더니 속도가 네 배나 빨라져 금방 높이를 더해갔다. 나무 실 두 줄을 한 바퀴, 두 바퀴를 돌려놓고 보니 모양도 특별했다. 아래는 라탄실이 촘촘했고, 위는 굵직했다. 한 가지 기법으로 만들면 단정한 느낌이 들고, 두 가지 기법으로 만들면 다채로운 느낌이 들었다. 한 줄이면 한 줄로, 두 줄이면 두 줄로 일관성 있게 만드는 게 일반적이지만, 새로운 방법으로 만들어봤더니 본 적 없는 특별한 연필꽂이가 탄생했다.

만들다가 지루함에 반만 하고 멈추어 선 것도 나였고, 종이에 적힌 매뉴얼에서 벗어나볼까? 하고 다르게 시도한 것도 나였다. 완성된 연필꽂이의 무늬가 그런 고민의 시간을 고스란히 드러내고 있었다.

어떤 세계든 경험하면 새롭게 알게 되는 것들이 있다. 라탄 연필꽂이를 만들기 전에는 집에 있는 라탄 가방들의 디자인에만 주목했다. 지금은 그 가방들을 통해 한 줄 한 줄 엮는 정성스러운 노동과 규칙성을 유지해야 하는 집중력, 마무리의 꼼꼼함을 본다. 라탄 연필꽂이를 만드는 시간은 인생을 배우는 시간이었다. 삶이 뻑뻑할 때 촉촉하게 물을 뿌리고, 시간을 차곡차곡 쌓으며 나만의 모양을 빚어내라고 내 앞에 놓인 라탄이 말해주고 있었다.

by 하연

너에게 행복을 선물할게

—

선물은 늘 쌍방으로 즐겁다. 그래서 한 사람의 마니또가 되어 그 사람이 좋아할 만한 책을 찾아보는 것만으로도 들뜨고 설레는 일이다. 하연의 마니또가 되었다는 문자를 받은 순간, 다행이라고 생각했다. 그동안 하연에게 책 선물을 두 번이나 받아서 보답하고 싶었던 차였다. 더구나 하연은 나에게 고정관념에서 벗어나 새로운 시각을 갖게 해준 사람이다. 나의 자리에서 가치를 찾아내는 법이라든지, 하루를 즐겁게 사는 법 같은 것 말이다.

MBTI 검사를 하면 전형적인 ISTJ형에 속하는 내가 정반대인 ENFP형에게 끌렸다. 계획한 일에 집중하고 행동하는 깔끔하면서도 깐깐한 성격의 건조한 인간이 평생 10대인 것처럼 하루를 두근거리고 변화무쌍하게 살아가는 자유로운 영혼의 감탄녀에게 빠져드는 것은 당연한 수순이었다. 그녀를 보면 마치 우리 사이에 거울이 있고, 내가 오른손을 들어 올리면 상대는 왼손을 들어 올리는 신기한 현상을 눈앞에서 지켜보고 있는 것 같았다. 자기 세계에 갇혀 자기주장을 고집하는 사람에게 시야를 확장시켜준다는 것, 열린 가능성을 만들어준다는 것은 나의 약점이 하연의 강점으로 보완됨을 뜻했고 그래서인지 하연과 함께라면 안심할 수 있다는 묘한 신뢰감이 형성되었다. 그것은 하연도 마찬가지인 듯했다. 상대가 나와 너무 다르면 무시하거나 괄시할 수도 있을 텐데 존중이 느껴지는 눈빛에 우리는 서로를 관찰 대상으로 삼으며 글을 쓸 때 자처하여 서로의 글감이 되어주기도 했다.

하연은 일상에서 글감을 수집했다. 사람들과 대화 중에도 번뜩이는 아이디어가 생기면 바로 메모지에 적으면서 "오늘 이거 꼭 써먹어야겠다"라며 동그라미를 두 번 두르고 웃는다(줄에 신경 쓰지 않고 아무 곳에나 흘려 적었음에도 감탄한다. 나라면 절대 그렇게 메모하지 않았을 것이므로). 영감이 떠오르면 바로 메모하는 데 그치지 않고 사진으로 찍어 인스타그램에 올려놓기도 한다(그것도 아무렇게나 대충! 인스타그램에 올리는 사진도 DSLR로 찍는 나와 이렇게 다를 수가!).

말로 표현하거나 속도가 빨라 금방 사라지는 것들을 마음속에 오래도록 스며드는 기억이 되도록 하는 그녀의 노력은 내가 할 수 없고, 하지 못했던 것이기에 하연에게 가장 배우고 싶은 것이기도 했다. 처음엔 하연에게만 특별한 하루가 주어지는 것처럼 보여 부러운 것투성이였다. 하지만 이제는 안다. 하연의 수집하고 메모하는 습관이 평범한 날도 특별한 날로 만들었다는 것을. 완벽하지 않더라도 완성된 것들이 모여 결국은 완벽한 하루들이 되었다.

"마음속에 매일 파티를 여는 자는 삶 전체가 파티다."
하연에게 《칼 라르손, 오늘도 행복을 그리는 이유》라는 책을 선물하기로 마음먹었다. 미술을 전공하고 전시회를 보러 다니는 것을 좋아하는 하연에게 그림을 선물해주고 싶은 마음에 고른 책이었고, 이 책을 읽고 있으면 분명 행복이 마음에 퍼지리라는 확신이 있었다. 또한 칼 라르손이 그린 수채화 〈낚시하는 리스베스, 1898〉에는 그의 사랑스러운 딸 리스베스의 뒷모습이 담겨 있는데, 체크무늬 옷과 베레모를 좋아하고 빨강색을 수집하는 그녀를 그려놓은 것 같아 배시시 웃음이 나왔다. 하연이 이 그림을 보면 어떤 생각에 잠길지 궁금했다. 사랑스러운 딸 리스베스의 밝은 웃음처럼 나에게도 그런 표정을 지어주면 좋겠다고 생각했다.
칼 라르손은 행복을 그려내는 스웨덴의 화가다. 그가 그리는 행복은 평범하다. '집과 가족, 그리고 가정의 평화로운 일상', 그게 전부다. 하지만 그 평범함 속에서 안락하고 행복한 가정이 깃든 집은 전업주부인 우리에게도 닮고 싶은 세계다. 깔끔하고 특색 있는 인테리어, 따뜻한 침구, 온화한 조명, 귀여운 소품이 있는 그의 그림을 보고 있으면 나의 집을 둘러보게 된다. 행복한 표정이 깃든 그림을 보면 우리 가족을 생각하게 된다. 아름다운 서재가 있는 평화로운 공간을 떠올려본다. 칼 라르손의 그림 중 내가 가장 좋아하는 그림은 캔버스에 그린 것이 아닌, 그의 집으로 들어가는 벽에 그려진 벽화다. 그의 아이들이 환하게 웃으며 동서남북으로 포진해 있고 가운데에는 그들의 이름이 선명하게 적혀 있다. 그 집의 문패처럼 느껴지는 그 그림은 아이들의 리얼한 표정 덕분에 집에 싱그러움을 더한다. 그리고 자신은 언제나 아이들과 함께할 것이라는 칼 라르손의 다짐처럼 보이기도 한다. 든든한 울타리가 있다는 건 언제나 감사한 일이다.

"행복은 가장 가까운 가족을 돌보는 데서 시작된다."
나에게도 존재하고 있는 것들을 칼 라르손은 보물이라고 표현했다. 사랑이라고 표현했다. 행복의 비밀 같은 것은 없다. 그냥 별일 없는 하루도 매 순간을 소중하게 여기고, 기록했을 뿐이다. 이 책을 읽고 나에게 말해줄 하연의 목소리가 벌써 듣고 싶다. 그녀의 글이 벌써 보고 싶다.

행복의 진리를 아는 하연과 그녀의 가정에 더한 행복을 주
고 싶은 마음을 담아.

by 정선

그래서 정원이는 어떤 선택을 했나요?

—

"그래서 정원이는 어떤 선택을 했나요?"
"결국 생일날 준희를 만나기로 했지요."
"어머나, 세상에!"

하연의 말에 모두 입을 틀어막는다. 혼자 예상은 했지만 진짜 그러리라고는 예상하지 못했다는 반응이다. 그래서 정원이 누구냐고? 하연의 딸도, 요즘 시청률이 잘 나온다는 드라마도 아닌 하연이 쓴 소설 〈1111〉의 주인공이다.

글쓰기 클래스에서 단편소설을 써보자고 제안한 사람은 하연이었다. '소설은 알아서 써진다. 인물들이 스스로 선택을 한다'라는 얼토당토않은 이야기가 도저히 이해가 가지 않는다는 것이다. 《연애가 끝났다》라는 소설을 쓴 나만 유일하게 공감이 되는 말인지라 그래서 정말 그런가요? 하고 묻는데 나 역시 그보다 정확한 답을 주기가 어려웠다. 나를 제외하고 아무도 소설을 써본 경험이 없었고 나 역시도 누군가에게 소설을 가르쳐본 적이 없건만 우리는 4주 동안 단편소설을 하나씩 써보는 '단편소설 클래스'를 마음대로 창설했다. 30대가 훌쩍 넘고, 아이 하나씩을 키우고 있는 우리는 글을 짓는 일에 이렇게도 겁 없고 무모했다.

인터넷에서 단편소설 쓰는 법을 검색해서 대략적인 틀을 찾아 공유하는 것으로 문을 연 소설 클래스. 막상 소설을 쓰는 법을 열거하고 나니 더 어렵게만 느껴졌다. 단편소설이라 분량만 적었지 내가 3년 동안 장편소설 하나를 쓸 때 했던 모든 과정이 필요했다. 두 번째 모임에는 각자 이야기하고 싶은 주제와 플롯을 몇 줄로 요약해오기로 했는데 우선 나부터도 당장 어떤 이야기를 써야 할지 감이 잡히지 않았다. 메모장에 단편소설 주제를 몇 개 메모해둔 적이 있는데 남편이 폰 정리를 해준다며 공장 초기화를 하는 바람에 날아간 것이 못내 아쉬운 순간이었다. 어떤 이야기를 쓸까 고민하다 꺼내든 기억 한 조각은 중학교 때 독거노인 봉사활동을 다녔던 몇 달간의 기억이었다. 나의 선한 행동이 뿌듯하면서도 내가 돌아가면 다시 혼자 남겨질 할아버지의 고독이 그 나이에도 쓸쓸하게 느껴졌던 일을 짧은 이야기로 표현해보면 어떨까. 주제가 어느 정도 가닥이 잡히고 나니 그다음부터는 주인공과 배경까지 원래 있던 이야기마냥 순식간에 머릿속에 자리 잡았다.

하지만 나의 이야기보다 더 기대되는 것은 처음 소설을 써보는 세 명의 이야기였다. 과연 무슨 이야기를 들고 올지 전날 밤 잠까지 설쳤던 기억이 난다. 수요일 오전 11시. 각자 들고 온 이야기는 에세이를 쓸 때는 전혀 발견하지 못했던 총천연색의 빛깔을 지니고 있었다. 하연은 동시를 썼던 작가답게 에세이는 몽글몽글하고 동화 같은 글이었는데 웬걸. 소설로 쓰고 싶은 이야기는 트라우마를 다룬 스릴러였다. 글쓰기 경력이 4개월밖에 되지 않아 가장 열심인 정선은 몇 줄로 요약해오자던 지난주 이야기와 달리 이미 캐릭터 설정과 소설 도입부까지 마친 상태였다. 주제는 표현되지 않아 더 묵직한 아버지의 사랑. 주제만으로도 모두의 마음이 뭉클해졌다. 언제나 위트 있는 글로 우리를 폭소하게 만드는 정오의 글은 소설에도 진하게 배어 있었다. 특히 그녀의 과거인 방송가의 이야기를 소설로나마 엿볼 수 있어 더욱 흥미로웠다. 그 후로는 매주 소설 속 이야기를 피드백하는 시간을 가졌다. 어떤 룰이나 조건 없이 그저 우리가 만들어낸 이야기와 관련된 것이라면 뭐든 그날의 주제가 되었다. 어떤 날은 정선의 소설 속 아버지의 캐릭터를 구체화하기 위해 정오의 아버지 이야기를 들려주기도 하고, 또 어떤 날은 하연의 소설 주인공의 반전을 극대화하기 위해 긴 토론 끝에 분량의 반 이상을 들어내기도 했다. 각자 따로 쓰는 소설이지만 이건 마치 공동육아를 하는 기분이랄까?

단편소설을 함께 쓰면서 가장 기뻤던 것은 두 시간 내내 어느 누구도 남편이나 아이 이야기를 꺼내지 않고 오직 소설 속 주인공들에 대해서만 이야기했다는 것이다. 엄마가 되어보면 안다. 누군가를 만나서 이야기를 할 때 아이 이야기를 빼놓고서는 할 말을 찾기 어렵다는 걸. 그 자체만으로 내 삶에서 아주 큰 자리를 아이에게 내어주었다는 사실을 발견하게 되는데 그 맛이 그렇게 달콤하지만은 않다. 오랜만에 만난 친구와 세 시간 넘게 수다를 떨다가 헤어질 때 자신의 커리어와 요즘 드는 생각, 앞으로의 계획이나 미래의 꿈 따위를 말하는 친구와 달리 아이의 들쭉날쭉한 수유 시간과 낮잠 시간, 요즘 잘 안 먹어서 걱정이라는 이야기를 털어놓는 나를 비교하는 일은 조금 서글프다. 그래서일까? 단편소설 수업시간 내내 아이를 떠올리지 않는 것이 일종의 해방처럼 느껴졌다. 수업을 할 때면 몸은 잠시 떨어져 있지만 마음은 집에서 놀고 있는 아이에게 가 있곤 했는데 이 시간만큼은 오직 소설 속 주인공들에게만 집중할 수 있어서 좋았다. 아마 이 해방감은 나뿐만 아니라 모두가 느꼈을 진정한 해방감이 아니었을까.

그렇게 6주가 흘러 〈1111〉, 〈오른발 왼발〉, 〈줌ZOOM〉, 〈만만다행〉이라는 네 편의 단편소설이 완성되었다. 정말 완성할 줄은 몰랐는데 어느 소설가의 말처럼 소설은 시작만 하면 알아서 써지는가 보다.

"소설은 알아서 써진다. 주인공이 스스로 선택을 한다."

하연은 이제 이 말을 이해할 수 있을까? 확신하건대 이제 그녀는 누구보다 이 말을 잘 이해하고 있을 것이다. 우리가 입을 모아 "정원이 준희를 만나지 않으면 어때요?"라고 했을 때 그녀의 반응을 보면 알 수 있다.

"안 돼요! 만나야 이야기가 말이 돼요."

그렇다. 소설은 알아서 써진다. 주인공이 스스로 자기 선택을 한다. 우리의 삶도 별반 다르지 않다. 세상에는 꼭 모두에게 들어맞는 절대적인 방법이 있는 것처럼 보이지만 우리는 각자 자신의 삶 속에서 스스로 선택을 쌓아가며 나만의 소설을 쓰고 있는 것뿐이다. 우리가 집안일에만 시간을 쏟지 않기로 선택한 것처럼, 아이만 기르는 것이 아니라 나 자신도 성장시켜보기로 작정하고 이 수업에 참여한 것처럼 말이다.

우리는 이제 입을 모아 이야기할 수 있다. 우리는 글을 써야만 한다고, 그래야 말이 된다고 말이다.

by 보라

그렇게 엄마가 된다

—

얼마 전 고레에다 히로카즈의 영화 〈그렇게 아버지가 된다〉를 보았다. 6년을 키운 아이가 바뀌었다는 사실을 알게 되면서 벌어지는 이야기다. 한 아이(케이타)는 똑똑하고 부자이지만 무심한 아버지의 아들로 살고 있고, 한 아이(류세이)는 지방에서 작은 전파사를 운영하는 가난하지만 정 많은 아버지의 아들로 살고 있다. 6년 만에 친아들을 찾았지만 부모들은 선뜻 결정할 수가 없다. '피와 시간' 어느 쪽도 무시할 수가 없기 때문이다. 특히 료타(후쿠야마 마사하루)는 유다이(릴리 프랭키) 씨에 비하면 무정한 아버지다. 자신에 비해 뭔가 부족한 아들을 보면서 실망하기도 하고 가정보다는 일이 우선인 아버지다. 하지만 나는 료타가 나쁜 아버지라고 생각하지 않는다. 나름 자신의 위치에서 최선을 다하는 아버지일 뿐인데 유다이와 자꾸 비교되어서인지 매정한 아버지로 비쳤다. 오히려 유다이 같은 아버지가 비현실적인 캐릭터가 아닐까. 동네에서 전파상을 운영하며 세 아이에 치매 걸린 아버지까지 부양하면서 다소 찌질한 면도 있고 돈도 밝히는 캐릭터인데 아이들에게만큼은 최고의 아버지라고? 요즘 그런 아버지가 정말 있을까? 삶에 찌들 대로 찌든, 그래서 아이들에게 아무것도 해줄 수 없는 현실 앞에서 한없이 작아지는 아버지들이 더 현실적인데. (아! 유다이 씨는 영화 속 인물이었지?)

사실 이 영화는 누가 더 좋은 아버지인지를 가리려는 게 아니다. 아이의 진짜 마음을 알아가면서 부자 관계에서 정말 중요한 것이 무엇인지 깨닫게 되는 이야기니까. 낳았다고 해서 누구나 아버지가 되는 것은 아니다. 아버지가 되는 건 시간과 노력이 필요한 일이라는 걸 영화는 말해준다. 그런데 과연 아버지만 그럴까? 엄마는? 엄마는 처음부터 엄마가 되는 걸까? 9개월 동안 아이를 뱃속에 품고 있었기에 아빠보다는 좀 더 일찍 아이와 관계를 시작할 수도 있겠지만 엄마도 처음부터 완벽한 엄마는 아니었다.

영화를 보면서 마음이 좀 불편한 장면이 하나 있었다. 케이타 엄마가 아이의 사진을 보면서 "근데 왜 여태 깨닫지 못했을까? 난 엄마인데…"라고 말하는 장면이다. 모임에 다녀온 남편(료타)에게 미도리가 묻는다.

"다들 내 얘기 안 했어? 엄마라면 그 정도는 알아야 하는 것 아니냐고. 당신도 그렇게 생각하지?"

6년 동안 아이가 바뀐 줄도 모르고 살았던 자신에 대해 자책하는 미도리의 말이다. 내가 만일 결혼 전이었거나 아이를 낳기 전이었다면 나도 미도리가 이상하다고 생각했을 것 같다. 자기 아이가 바뀌었는데 어떻게 모를 수 있지? 그리고 아이가 바뀐 걸 알았으면 당연히 되돌려야 하는 거 아냐? 특히 부족함 없이 살 수 있었던 케이타의 입장에서는 억울한 거 아닐까(과연 그럴까)? 하지만 지금은 안다. 그런 말을 감히 입에 담을 수 없다는 걸. 엄마라면 더더욱. 엄마니깐. 엄마는 그런 존재니까.

영화를 보는 내내 엄마인 나는 솔직히 아빠보다 엄마에게 더 관심이 갔다. 미도리와 유카리. 두 엄마의 모습을 보면서 누가 더 나은 엄마인지를 끊임없이 저울질했다. 나는 어느 쪽 엄마에 가까울까? 만일 내 아이가 바뀐 거라면 어느 엄마 밑에서 자라는 게 더 좋을까? 영화가 끝나고도 선뜻 답을 내릴 수 없었다. 어느 엄마가 더 낫다고 말할 수 없기 때문이었다. 엄마들 또한 많은 시행착오 끝에 더 나은 엄마가 되어갈 뿐이니까.

엄마들도 초보 엄마라고 써 붙이고 다닐 수 있었으면 좋겠다. 먹이고 입히고 씻기고 재우고 놀아주는 모든 일을 처음부터 능수능란하게 할 수 없으니까. 아이가 울면 같이 눈물바다를 이루면서 엄마도 아이와 함께 성장할 뿐이다. 잘하고 싶은 마음에 아이가 태어나기 전부터 만반의 준비를 하지만 현실은 상상 그

114

이상이다. 그런 면에서 가족은 피보다 시간이 더 중요한 것일지
도 모르겠다. 엄마도 시간을 먹고 그렇게 엄마가 된다.

by 정오

비로소 '나'를 알아갈 때

3

고하연

[♪]

"글에 음을 붙이면 노래가 되듯

순간에 의미를 더해 하루를 연주합니다"

호호好好 형

—

하기 싫은 일을 견디기보다 좋아하는 일을 선택하며 살았다. 중
학교 때부터 시작한 미술, 대학교에 들어가서 시작한 흑백사진,
시각디자인과였지만 서양화과 수업, 평론 수업을 듣기도 했다.
졸업 후 창의력 학원에서 아이들을 가르치다가도 새롭게 도전
하고 싶은 분야가 생기면 망설이지 않고 방향을 바꿨다. 쇼핑몰
을 운영하기도 하고, 구두 디자인 학원을 다닌 후 슈즈 디자이
너로 일하기도 했다. 전공과 전혀 상관없는 대학원 조교 일도 해
보았고, 아이를 키우면서는 아기 블랭킷을 만들어 팔고, 독립출
판 책을 만들었다. 모든 순간에, 내 안의 목소리에 귀 기울였다.
내가 나를 알아줘야지, 누가 나를 알아주고 챙겨줄 리 없었다.

내 몸의 주체는 나였지만, 내가 어떤 것을 잘하고 좋아하는
지는 몰랐다. 나도 나를 알아가는 데 시간이 필요했다. 다양한
환경에서 경험하고, 여러 가지 일에 부딪혀보아야만 스스로 알
수 있었다. 20대에 해본 수많은 경험을 통해 지금 글을 쓰고, 동
시를 쓰고, '호호클럽: 미션으로 나를 찾는 클럽' 속 사람들에

게 다양한 경험을 하도록 프로그램을 운영하는 것이 내가 잘할 수 있는 일이라는 것을 알게 되었다.

옷을 파는 쇼핑몰이나 아이들을 가르치는 일, 전공을 살려 한 디자인은 잠깐은 즐거웠지만, 지속하기 어려웠다. 얼마 안 가 마음이 식었다. 맞지 않는 옷을 입은 듯 불편하다가 괴로워졌다. 지나고 보니 그때 겪었던 감정 모두 소중했다. 또한 꿈의 오답에 미련이 없었다.

결혼하고 30대에 들어서 육아를 시작했다. 글쓰기는 점점 사라지는 나를 찾기 위한 비상구였다. 글쓰기는 오랜 시간을 지속해도 질리지 않았다. 오히려 할수록 더 빠져들었다. 전에는 한 가지 일을 꾸준히 해본 적이 별로 없었다. 가끔은 내게 문제가 있는 건 아닐까? 고민하기도 했었다. 아니었다. 진짜 좋아하는 것을 찾지 못했을 뿐이었다. 글쓰기는 누가 시키지 않아도, 누가 돈을 주지 않아도 계속했다. 몇 시간을 써도 힘든 줄 몰랐고, 각종 공모전과 신춘문예에 떨어져도 포기하지 않았다.

전에는 조그마한 시련에도 좌절하고, 내 길이 아닌가 싶어 포기했는데, 글쓰기만큼은 재능이 있는지, 잘하는지 생각할 겨를 없이 마냥 좋았다. 그 어떤 장애물도 그만둘 이유가 되지 않았다. 나조차도 처음 만나는 내 모습이었다.

진짜 좋아하는 일을 만나면, '사람이 이렇게 변하는구나'

를 알게 되었다. 하루하루를 괴로움 없이, 긍정의 감정 속에 살았다.

　누군가는 아침에 눈을 뜨자마자 부동산, 주식 이야기로 시작해 온종일 관련 기사를 찾고 공부한다. 내가 보기에는 복잡하고 어려워 보이는데 전혀 그렇지 않단다. 진짜 좋아하는 일을 하는 사람들은 비슷한 특징을 가지고 있다. 24시간, 한 달, 1년 내내 그 생각만 하며 산다. 그리고 약간 흥분되어 있어, 그 사람 옆에만 가도 흥이 느껴지고 덩달아 기분이 좋아진다.

　좋아하는 일을 찾은 사람들의 과정은 보이지 않는다. 수많은 시도의 선이 얽히고설키는 지난날의 행적은 모두 숨어 있다. 각자에게 주어진 한정된 시간을 유쾌하고 소중히 살고 싶다면 좋아하는 일을 찾길 바란다. 과정은 어려워도 그 길 끝에서 미소 지으며 성장하는 자신을 만날 수 있을 것이다.

슬기로운 수집 생활

—

수집은 순간들을 연결해 서사를 만든다. 점이 모여 선이 되듯 각자의 순간은 특별한 이야기가 된다. 수집의 시작은 '내가 좋아하는 것은 무엇일까?'를 생각하는 것이다. 누군가가 정해놓은 기준이 아니라, 내 안에서 나의 주제를 찾아야 한다. 대부분의 사람은 내가 무엇을 좋아하는지 잘 알지 못한다. 시간을 들여 생각해보지 않아서이기도 하고, 고민해도 단번에 찾아지지 않기 때문이다. 오랜 시간 고민하고 관찰해야 조금씩 알 수 있다. 육아를 하면서도 '내가 무엇을 좋아하고, 잘하는가?' 계속 생각했다. 아이가 어릴 때, 주변의 도구들을 이용해 놀이를 개발했다. 추석날이면 샴푸, 린스가 들어 있던 틀을 버리지 않고, 농구 골대처럼 활용해 양말을 던져 골인시키는 게임을 했다. 석류를 먹다가도 그 빛깔이 하도 예뻐서 하얀 도화지에 아이와 함께 그림을 그렸다. 여름날에는 실타래를 가지고 나가 붓처럼 물을 묻혀 바닥에 투명한 물 그림을 그렸다. 아이가 조금 커서 말을 하기 시작하면서부터는 날마다 아이의 말에 감탄하며 그 말들을 수집했다.

　아이가 유치원에 다닐 때, 입은 옷이 너무 예뻐서 "나도 입고 싶다"라고 말했더니, "그럼 엄마도 애기 되면 입어"라고 했고, 김치찌개가 보글보글 끓는 것을 보며 "여기 비눗방울 있네"라고도 했다. 밤에 차를 타고 가면서는 "달이 자꾸 나를 따라와"라고 했다. 달이 따라오다니…. 매 순간, 아이의 시선은 시 같아서 감탄하는 일이 일과였다. 그 예쁜 말들이 사라질까 봐 달력과 노트, 휴대폰에 메모했다. 그것들이 모여 《아이의 말 선물》이라는 책이 되었다.

　수집을 한다는 건 매 순간을 소중히 여기는 일이었다. 내가 만나는 장소, 장면, 사람들을 사랑하는 일이었다. 수집 과정이 좋았다. 늘 마음이 먼저여야 하고, 지속은 그다음이었다. 좋아하는 마음이 생기기는 어려웠지만, 일단 마음이 생기면 지속하기는 쉽다.

　그 후로도 볼펜, 꽃, 동시, 맥주, 엄마와의 시간, 초보운전 글귀, 친구와의 만남 등을 수집했다. 수집을 몇 년 동안 지속해오면서 그 과정에서 배울 수 있는 것들을 나누기도 했다. 그날 수업을 함께한 사람들에게 평소 관심 있는 것들이 무엇인지 물었다. 잘 생각해보지 않았던 주제인 듯싶었지만, 앞서 다양한 수집의 사례를 들어서인지 다들 곰곰이 생각하기 시작했다.

누군가는 사람을 만나면 손을 주의 깊게 보는 습관이 있고, 누군가는 한글이 예뻐 간판이나 다른 사람들의 손글씨를 모은다고 했다. 그분은 언젠가 외국인이 한국을 방문하는 프로그램을 본 적이 있는데, 한 외국인이 '닭'이라는 글자를 보고 아름답다며 감탄했다는 이야기를 해주었다. 우리가 늘 보는 '닭'이란 단어의 뜻을 없애고 조형으로 바라보니, 네모 안에 꽉 차 있는 글씨의 모양이 특별하게 보일 수 있다는 걸 알게 되었다. 프랑스에 가서, 뜻 모르는 프랑스어 간판들에 감탄하는 것과 같다. 다른 분은 이와사키 치히로라는 작가의 그림이 좋아서 책을 모은다고 했다. 수채화로 표현된 아이들의 모습은 서정적이면서도 따뜻했다. 작가만의 촉촉함이 돋보이는 그림책들이었다.

그날의 대화를 통해 "저도 좋아하는 것이 있었네요"라는 이야기를 들었다. 인지하지 못할 뿐, 누구에게나 저절로 끌리는 관심사가 있다. 질문에 답을 하다 보니 마음속에 숨어 있던 이야기가 술술 나왔다.

관심사를 지속해서 기록하다 보면, 나만의 것(콘텐츠)을 만날 수 있다. 물론 딱 한 번에 정해지지 않을 수도 있다. 길을 헤매기도 하고, 처음엔 좋아하다가 금방 시들해질 수도 있다. 그렇다 하더라도 그런 모든 과정이 나를 찾는 시간이기에 유의미하다. 수집하는 과정에서 나는 어떤 지점에서 설레거나 시큰둥

한지, 스스로 더 깊게 이해하게 된다. 그렇게 수집을 통해 나를 만날 수 있다.

한 분야의 전문가가 되려면 10년의 세월이 필요하다는 말이 있다. 그전에 어떤 것을 해야 하는지 주제를 찾는 것이 먼저다. 하지만 그걸 어떻게 찾는지 알려주는 곳은 별로 없다. 그 주제가 개인마다 다르기 때문에 스스로 찾아야 한다. 수학에도 공식이 있듯, 좋아하는 일을 찾는 것도 공식이 있다. 바로 수집. 수집을 통해 편안하게 다양한 시도를 해보고, 그중 시간이 흘러도 오래 좋아하는 것들의 항목을 찾으면 된다.

김두엽 할머니는 여든세 살에 그림을 그리기 시작했다. 우리의 주제는 언제 만나게 될까? 나에게 집중하는 슬기로운 수집 생활이 그 만남을 앞당겨줄 것이다.

엄마라는 보조바퀴

—

육아는 곧 문을 닫는 회사에 다니는 것처럼 경력 단절을 예고하는 것처럼 느껴졌다. 회사(육아)의 가치가 없다는 것이 아니라, 육아의 세계는 열심히 해도 일할 수 있는 기간이 정해져 있다. 회사에서는 한 분야의 일을 오래 할수록 경력이 쌓이고 전문성도 더해간다. 육아의 경우 아이가 어릴 때는 엄마의 역할이 많이 필요하지만 커갈수록 엄마의 역할이 자연스럽게 줄어든다. 그러니 엄마라는 직업은 시간이 지날수록 전문성이 더해지는 것이 아니라, 전문성이 줄어드는 세계다.

아이에게 엄마는 자전거에 달린 보조바퀴와 같다. 두 발로 쌩쌩 달리기 전까지 함께하고, 그 후에는 떼어내야만 한다. 이제 자전거는 씽씽 달리지만 떼어낸 바퀴가 활용될 곳은 거의 없다. 육아 경력을 이력서에 쓸 수 있는 일은 많지 않았다. 온 힘을 끌어모아 최선을 다했던 시간은 '경력 단절'로 표현될 뿐이다.

더불어 육아에도 재능이 필요했다. 아이와 재미있게 놀아주는 재능. 유아식을 맛있게 만드는 재능, 작은 기적을 알아채고 빨리 반응하는 재능 등 여러 재능이 복합적으로 필요한 전문직이다.

육아에 필요한 재능이 없던 나는 엄마라는 이름의 연료를 태워 가까스로 움직였다. 그러다 보니 아이가 커가면서 고민도 깊어졌다. 유능한 직원이고 싶은데 잘할 수 있는 일이 별로 없었다. 육아에 퇴사는 없으니 성실히 출근할 뿐이었다.

육아가 끝나도 계속 재능을 이어갈 수 있는 일을 찾고 싶었다. 아이의 미래뿐 아니라 나의 미래도 키우고 싶었다. 내 환경 안에서, 아이와 나를 동시에 돌보는 일을 찾았다. 틈틈이 책을 읽고, 글을 쓰고, 동시를 썼다. 12년 전부터 해온 작은 노력으로 아이도 자랐고, 나도 자랐다.

육아를 하며 짬을 내어 고민해야 한다. 나를 뒤로 제쳐두면 안 된다. 육아는 엄마 삶의 일부이지, 전부가 아니다. 육아가 끝나면 소멸하기보다 더욱 밝게 빛나는 빛을 내 안에 키우고 있어야 한다. 그러기 위해 내 시간을 따로 떼어두어야 한다.

여행, 욕망을 나누어 가지다

—

"회사 안 가서 너무 좋아."

"학원도 안 가고 숙제도 안 해서 진짜 좋아."

"매 끼니 무엇을 먹을지 고민하지 않고, 설거지도 안 해서 좋아."

남편과 아이, 내가 여행을 하며 한 말이다. 제주도로 여행을 가기 전부터 각자를 묶고 있던 투명한 끈이 풀린 듯 우리는 며칠간 누릴 자유에 들떠 있었다. 각자 가고 싶은 곳을 정했을 뿐, 아무런 계획도 없었지만 모든 게 좋았다.

여행을 떠나는 날, 비행기 날개가 구름을 베고 하늘 위로 날아올랐다. 우리는 공항에 도착해서 허기를 채운 후, 렌터카가 있는 곳으로 향했다. 지난 제주 여행에서 렌터카가 지저분했었기에 이번에는 깨끗한 차를 빌리는 게 우리의 첫 목표였다. 다행히 차는 겉뿐 아니라 내부도 윤이 났다. 깨끗한 차에 깨끗한 마음을 실었다.

협재에 있는 숙소로 가는 길, 내가 좋아하는 책방에 들렀다. '섬타임즈'라는 이름의 책방 앞에는 돌담 사이에 귤이 콕콕 박혀 있었다. 이렇게 앙증맞은 풍경이라니…. 진한 회색과 쨍한 오렌지색의 조화가 상큼했다. 책방에 가려고 했을 뿐인데 뜻밖의 풍경을 만났다. 책방 옆에 '음악이 있는 정류장'이 있었는데 거기에는 쓰레기통이 아닌, 거대한 나무 피아노가 놓여 있었다. 무료한 기다림의 상징인 버스 정류장이 감미로운 장소로 변했다. 아이와 남편은 검은 건반과 흰 건반을 차례로 눌렀다. 나는 그 모습을 카메라에 담으려고 멀리 걸어갔다. 정류장의 칸막이는 스피커가 되었고, 피아노 연주가 온 마을에 울려 퍼졌다.

여행은 늘 이런 식이었다. 주연을 조연으로 만들고, 엑스트라를 주인공으로 만들었다. 책방이 우리의 목적지였지만, 책방 가는 길에 만난 귤이 얹어진 돌담과 피아노 정류장이 더 오래 기억에 남았다.

책방에서 나와 아이가 좋아하는 고양이 소품을 파는 '게른'이라는 상점으로 향했다. 점심시간과 겹쳐, 남편은 차 안에서 근처 식당을 검색했고, 우리는 가게 안으로 들어갔다. 고양이 슬리퍼, 고양이 머리끈, 고양이 휴지통, 고양이 거울, 고양이 달력 등등 온통 고양이 소품들로 가득했다. 아이는 시선을 어디에 둘지 모른 채 살짝 들떠 있었다. 좋아하는 것을 만나면 보이는 행동이다. 평소 고양이를 좋아해서 소품 가게에 가면 고양이 소품만 찾았다. 운이 좋으면 몇 개의 고양이 소품을 만날 수 있었지만, 고양이 소품이 없는 곳도 꽤 있었다. 하지만 이곳은 눈감고 아무거나 잡아도 다 고양이 소품이었다. 제주도에서만 만날 수 있는 꽝 없는 행복이었다. 아이는 오랜 고민 끝에 장바구니에 이것저것을 담았다. 주인 언니도 고양이를 좋아하는 게 분명했다. 계산을 하고 나오려는데 길고양이 달력과 츄르를 선물로 주며, 여행하는 동안 길고양이를 만나면 츄르를 주라고 했다. 달력 선물도 좋았지만 언니가 건넨 말과 마음이 예뻤다. 가게에서 나오는 아이의 눈이 빛났고, 작은 흥분이 남아 있었다. 아이의 욕망이 부푼 시간이었다.

남편은 자연을 좋아해서 새별오름과 곶자왈 도립공원에 가고 싶어 했다. 나는 산을 좋아하지 않지만, 남편을 따라나섰다. 가족 여행은 서로가 좋아하는 것을 즐기도록 배려하는 시간의 연속이었다. 남편은 초록색에서 힘을 얻는 사람이라 숲에 들어서자 숨을 깊게 들이마시라며, 건강해지는 기분이라고 했다. 남편이 들숨 날숨을 반복하는 동안 나는 제각각 다른 모양을 뿜내는 식물들의 아름다움에 감탄했고, 10대인 아이는 초록색은 다 똑같다며 심드렁했다. 30분쯤 걸었을 때, 아이는 어디가 끝이냐며 나가자고 재촉했다. 결국 나와 아이는 전망대까지만 함께 갔다가 돌아오고, 남편만 더 먼 곳까지 갔다 오기로 했다. 아이와 주차장으로 돌아오는데 이상한 소리가 들렸다. 우리 둘밖에 없는데, 혹시 야생동물일까 싶어 긴장했다. 알고 보니 딱따구리 소리였다. 나무 기둥을 두드리는 소리에서 비트가 느껴졌다. 딱따구리의 행방을 찾아 한참을 둘러보았다. 숲에 가지 않았다면 듣지 못했을 소리였다. 짧은 산행에도 지쳐 있는 우리와 달리, 숲에서 돌아온 남편은 충전이 된 듯 에너지가 넘쳤다.

남편이 정한 다음 장소는 사람들의 활기가 느껴지는 시장이었다. 주차장에 차를 대고 나오는데 현무암이 가득한 바닷가가 눈앞에 펼쳐졌다. 아이는 놀이터를 만난 듯 현무암을 징검다리 삼아 폴짝폴짝 뛰어 건넜다. 같은 공간에서 누리는 다른 모양의 행복. 아이의 행복은 현무암에 있었고, 아빠의 행복은 시장에 있었다.

여행은 서로의 욕망을 나누어 갖는 일이다. 여행에서의 한정된 시간을 나누듯 서로의 욕망을 나누어 가진다. 가족의 행복을 위해 각자 조금씩 욕망의 부피를 줄여야 한다. 처음에는 욕망을 나누는 게 아쉽다고 생각했지만, 여행이 반복될수록 다양성을 즐기게 되었다. 서로의 욕망 속에서 놀다 보면 내게 없던 새로운 욕망이 피어나기도 한다. 그리고 그것이 우리를 더 다정하게 만들고 서로를 조금씩 이해하게 했다. 가끔은 셋이 다 좋아하는 곳을 만나기도 했다. 미니 골프장이 그랬다. 함께 체험하다 보니 남편이 골프를 좋아하는 이유를 알 것 같았다. 예측 불가능한 상황이 골프의 묘미였다. 아이 역시 작은 경사와 장애물을 피해 공을 넣는 즐거움에 새로운 재미를 느끼는 듯했다.

　일상은 각자의 자리에서 해야 할 의무들로 가득 채워져 있다. 퇴근한 남편의 어깨는 처져 있고, 숙제를 마친 아이는 졸린 눈을 비빈다. 하루의 식사를 마치고 다음 날의 끼니를 준비하는 나의 손끝도 바쁘다. 반면 여행은 마음껏 즐길 의무만 존재한다. 여행은 각자 견디는 것을 지켜보는 일상에서 벗어나 상대가 무엇을 좋아하는지 서로의 욕망에 관심을 기울이는 시간이다. 우리는 여행을 통해 더욱 가까워진다.

리본을 묶는 시간

—

아이가 자란다. 아이의 발도 자란다. 얼마 전 아이 운동화를 사러 백화점에 갔다. 성인 운동화는 디자인이 다양한데, 어린이 운동화는 디자인이 많지 않았다. 키즈 코너에서 운동화를 구경하고 있는데 점원이 물었다.

"아이가 몇 사이즈 신어요?"

"220이요."

"키즈용은 220까지 나와서, 이제 어른 코너에서 골라야 해요."

아이의 얼굴이 환해졌다. 내가 말했다.

"어른용 230은 클 것 같은데요."

"어른용은 220부터 나오니까 220 신으면 될 것 같아요. 이쪽은 고가 라인인데, 아이들은 금방 발이 자라니까 그보다 낮은 가격대로 고르는 게 좋을 것 같아요."

추천해준 운동화는 8만 9000원이었다. 아이의 발만 커진 게 아니라, 가격까지 커졌다. 지금 신고 있는 운동화는 신거나 벗기 편하게 끈 대신 밴딩 처리가 되어 있고 바닥 창도 부드러 운데, 아이가 새로 고른 신발은 디자인은 멋스러웠지만 흰 끈이 빼곡히 있었고, 밑창도 딱딱해 보였다.

"걸어보니까 어때? 불편하진 않아?"

"좀 딱딱하긴 한데… 괜찮아."

지난번에 산 운동화도 불편하다고 두 번 신고 안 신은 적이 있었기에 운동화는 무조건 편해야 했다. 점원이 말했다.

"어른용 운동화는 끈을 묶을 수 있어야 아이들이 신을 수 있긴 해요. 아동용은 고무줄 끈이라서 발을 넣으면 쑥 들어가는데, 어른용은 손이 좀 야무져야 하죠."

아이의 발은 어른처럼 컸지만, 손은 아직 작고 서툴러서 리본 묶는 법을 몰랐다. 키즈용에서 어른용 운동화로 넘어갈 때, 리본 묶는 법을 배워야 한다는 걸 처음 알게 되었다. 내겐 너무 당연한 리본 묶기가 아이에게는 처음 해보는 일이라 좀 더 고민해보겠다며 매장을 나왔다. 하루에도 몇 번이나 신발을 신고 벗어야 할 텐데, 그때마다 아이가 끈을 묶는 건 아무래도 어려울 것 같았다.

며칠 뒤, 아이의 친구 집에 놀러 갔다. 둘 다 고양이를 좋아해서 고양이 인형 목에 색색의 리본을 달며 놀았다. 집으로 돌아왔는데, 아이가 내게 리본 묶는 법을 가르쳐달라고 했다. 친구는 리본을 묶을 수 있는데 자기는 못해서 배우고 싶었던 모양이다.

"나 운동화 끈도 묶어야 하니까, 리본 묶는 법 좀 가르쳐줘."

빨간 리본을 가져와서 가방 손잡이에 한 번 돌려 매듭지었다.

"왼손으로 리본을 둥글게 말고, 끈 오른쪽을 방금 전에 만든 둥근 리본을 가로질러 한 바퀴 돌리고, 돌린 끈 사이로 같은 끈을 끝까지 빼지 말고 동글게 밀어 넣으면 돼."

몇 번을 반복했다. 아이는 손이 작아서 리본을 둥글게 마는 것도 놓쳤고, 돌린 끝 사이로 동글게 밀어 넣는 것도 어려워했다. 그 모습을 보며 리본을 묶는 게 처음에는 이렇게 어렵구나, 라고 생각했다. 그래도 몇 번 연습한 끝에 성공하고는 스스로 손뼉을 쳤다. XXL 크기의 웃음을 지으며 폴폴폴 뛰었다. 그 모습을 보며 나도 괜히 뭉클해졌다. 리본이 뭐라고…. 그 후로 여섯 마리 고양이 인형 목에 리본을 묶어주고, 내 잠옷 바지의 끈도 리본으로 묶어주었다. 끈만 보면 뭐든지 리본으로 만들었다.

배철수가 진행하는 라디오 프로그램에서 아이들의 시간은 수많은 처음을 만나는 시간이라고 했다. 누구에게나 처음은 있다. 지금의 우리는 너무 능숙해서 서툴렀던 시간을 기억하지 못할 뿐이다. 아이가 리본 묶는 모습을 바라보며, 처음 해보는 공기놀이에서 공기알을 자꾸 놓치는 모습을 보며, 나의 처음을 떠올린다. 수많은 처음을 지나온 내가 아이에게 처음을 가르친다. 아이의 처음을 통해 나의 처음을 다시 만난다. 작은 순간들이 매번 뭉클하고 감격스럽다.

며칠 후 아이가 운전면허증이라도 딴 듯, 자신 있게 말했다.

"엄마, 나 이제 운동화 사도 될 것 같아."

부모라는 이유만으로, 자라난 발처럼 한 뼘 자란 아이의 처음을 함께할 수 있어서 참 다행이다.

성취 마트료시카

얼마 전 '수집으로 나를 찾는 방법'이라는 주제로, 줌 수업을 했
다. 처음 하는 수업이라 강의 전 50쪽 분량의 PPT 자료를 만들
었다. 앞부분에서는 수집을 주제로 한 책들을 소개했는데, 오래
전에 읽은 책들이라 잘 기억이 나지 않았다. 연습해도 자꾸 말
을 더듬었다. 안 되겠다 싶어서 휴대폰에 녹음하면서 연습했는
데 재생해서 들어보니 더 주눅이 들었다. 버벅거리는 내 목소리
를 들으며 '잘할 수 있을까?' 하는 걱정이 밀려왔다. 그대로 했
다가는 큰일이었다. 먼저 줌 수업을 해본 사람들에게 조언을 구
했다. 누군가는 대본을 만들어놓으라고 했고, 또 누군가는 틀이
정해져 있으면 그대로 못할 때 당황하게 된다며 대본 없이 자연
스럽게 이야기하는 게 낫다고 했다. 두 의견을 듣다 보니 더 혼
란스러웠다. 어느 것도 겪어본 것이 아니었기에 지금의 나로서
는 연습을 통해 실력을 쌓을 수밖에 없었다.

수업 전날, K 선생님과 줌을 틀어놓고 PPT가 잘 공유되는
지, 목소리가 잘 들리는지 연습을 했다. 목소리가 공간에 울려

잘 안 들린다고 했다. 이어폰에 달린 마이크로 이야기하는 게 더 낫다는 피드백을 받았다. 이어폰을 끼고 이야기하자 목소리가 울리지 않고 또렷해졌다. 늦은 밤까지 연습을 이어갔다. 자꾸 실수하는 부분은 포스트잇에 적어 모니터 옆에 붙여놓았다. 온라인 강의였기에 프레임 밖은 보이지 않아 괜찮았다. 연습을 반복하자, 목이 조금씩 아파왔다. 당일에 목이 쉬면 안 되기에 작은 목소리로 연습을 했다. 저녁에 퇴근한 남편이 책상 앞에 앉아 있는 내게 물었다.

"고주부 씨, 뭐 간단하게 먹을 것 없어요?"

그러자 옆에 있던 아이가 다소 큰 목소리로 말했다.

"아빠, 엄마 주부만 하는 거 아니야. 글도 쓰고 강의도 해."

연습하느라 정신이 없던 나는 아이의 말에 놀랐다. 말의 뉘앙스에서 평소와 다른 기분을 느꼈다. 뿌듯해하는 것 같았다. 주부 이외의 다른 모습도 있다며, 엄마를 대변했다. 며칠 동안 내가 자료를 만들고 연습하는 모습을 아이가 옆에서 지켜보다 말을 걸기도 했다.

"엄마도 S 이모처럼 줌으로 강의하는 거야?"

"몇 시에 하는 거야?"

"PPT 잘 만든다."

"이번엔 주제가 뭐야?"

당장 내일로 다가온 발표를 잘해야 했기에, 아이의 질문에 담긴 의미를 파악하지 못했지만 내가 발표 준비에 몰두하는 동안, 아이는 평소 보지 못한 엄마의 행동을 지켜보며 다른 감정을 느낀 듯했다.

생각해보면 아이 곁에서 부모가 무언가 열심히 하는 모습을 보여준 적이 없었다. 혼자 있는 시간에 글을 쓰는 일이 많았고, 아빠는 아이가 보지 못하는 회사에서 열심히 일하고, 집이라는 공간에서는 대부분 휴식을 취했다.

얼마 전 〈책읽아웃〉이라는 팟캐스트에 관계전문가 김지윤 소장이 나왔다. 엄마의 역할에는 도구적 역할과 관계적 역할이 있다고 했다. 밥을 차려주고, 학원을 알아보고, 깨끗하게 씻겨주고, 옷을 입혀주고, 방을 청소해주는 도구적 역할을 하는 엄마. 아이의 친구 관계가 어떤지 궁금해하고, 고민을 들어주고, 어려움을 같이 해결하고자 하는 데 중점을 두는 관계적 역할을 하는 엄마. 두 역할 중 엄마마다 지향하는 것이 다르고, 잘하는 것이 다르다고 했다. 그 이야기를 듣고 나는 하나의 역할을 더 하고 싶었다. 성취적 역할의 엄마.

부모는 아이에게 학업이든 운동이든 취미든 열심히 할 것을 기대한다. 기대 전에 부모가 '열심히'라는 태도를 보여주는 것이 필요했다. 아이와 가장 가까운 사람이 먼저 무언가를 성취하고 노력하는 삶을 살면 아이는 자연스럽게 그 모습을 보고 자랄 것이다. 아이에게 보여주려고 시작한 일이 아니라, 한 인간으로서 스스로 배우고 성장하고 싶어서 시작한 일이 냇물처럼 흘러 아이에게 닿았다.

마트료시카를 열면 그 안에 또 다른 마트료시카가 들어 있는 것처럼, 엄마의 성취 안에는 아이의 성취가 들어 있을지도 모르겠다.

박정선

[∫]

"찰나에 스쳐가는 작은 일상들을 더해

의미 있는 것을 만들고 싶어요"

첫 휴가를 받았습니다

—

'월요일은 원래 힘들고, 화요일은 화나니까 힘들고, 수요일은 수틀리게 힘들고, 목요일은 목 빠지게 힘들고, 금요일은 금방 가니 힘들고, 토요일은 토할 것 같아 힘들고, 일요일은 일할 생각에 힘들다.'

이 말에 저절로 고개가 끄덕여진다면 당신은 매일 주어지는 하루가 의미 없이 흘러가는 똑같은 하루처럼 느껴질 테다. '월화수목금금금'처럼 느껴지는 일상에서 과도한 노동시간과 불평등이 공존하는 건 직장인에게도, 전업주부에게도 격한 공감을 자아내기에 생각해보면 이 세상에 누구 하나 힘들지 않은 사람이 없다고 외치는 것 같기도 하다. 이럴 때 재충전의 의미로 각자의 휴가를 잘 써먹으면 좋은데 내가 살아가기 위해서는, 왜 내가 선택할 수 있는 것들이 많이 없는 걸까?

크리스마스를 일주일 앞둔 주말이었다. 나는 매일 아침 일어나면 공복에 갑상선 호르몬제를 한 알 삼키고, 멍하게 잠깐 '타임아웃'되는 시간이 존재하는데, 그때 남편이 내게 말을 걸

었었나 보다.

"우리 이번 크리스마스에 뭐 할까?"

"…"

나의 침묵에 남편은 갑상선 호르몬제로도 조절할 수 없는 아내의 뒤죽박죽된 호르몬을 감지하고, 무기력을 극복하기 위한 방안으로 뜻밖의 제안을 했다. 1박 2일 동안 혼자만의 시간을 가져보라고. 혼자라니! 이게 무슨 얼토당토않은 처방전인가! 주말에 남편에게 아이들을 맡기고 혼자 카페에 가본 적은 있지만 혼자 떠나는 여행이라니. 그것도 크리스마스에! 살짝 겁이 나기도 했다.

자리에 앉아서 노트 제일 윗줄에 '하고 싶은 것'이라고 적어봤다. 넘치게 리스트를 적고 싶었지만 막상 적으려니 눈앞에 보이지만 잡을 수 없는 무지개처럼 허망했다. 아, 내가 그동안 얼마나 많은 단념에 익숙해져 있던 걸까. 그러고 보니 엄마라서 포기한 것은 경력만이 아니었다. 밥을 먹을 때에도 나는 다른 식구들이 먹지 않는 반찬에만 손을 댔다. 밖에서 힘들었을 남편과 아이들이 당연히 더 맛있는 음식을 먹어야 한다고 생각하며.

그렇게 배려하는 게 익숙해지면 어느새 음식의 따뜻한 온기는 사라지고, 남은 음식을 잔반 처리하듯이 먹는 날도 있었다. 누구의 잘못도 아닌데 서운한 감정이 들기도 했다.

그렇다면 내가 먹고 싶은 것을 실컷 먹고 다니리라!

서두르지 않고, 모락모락 김이 나는 음식을 천천히 음미하며 먹는 여유! (어쩌면 그런 음식보다 그런 시간을 음미하고 싶었다고 해야 더 맞을지도 모르겠다.)

그렇게 크리스마스에 혼자서 기차를 타고 여행을 떠나게 되었다. 목적지는 부산이었다. 급하게 기차표를 예매하느라 토요일 아침에 출발해 일요일 밤에 도착하는 꽉 찬 1박 2일의 일정을 잡게 되었다. 남편은 내가 없는 동안 총 여섯 끼의 식사를 책임져야 했지만 나는 오롯이 혼자라는 생각에 일말의 양심도 뒤로 밀어둔 채 눈치 없는 '연차'를 썼던 것이다. 전날 밤 잠이 오지 않았다. 해외여행을 가는 것처럼 설레었다. 그런 마음을 남편에게 들킬까 봐 표정을 숨긴 채 눈만 감고 있었는데 어느새 동이 텄다.

부산에 도착하자마자 시원한 파도 소리가 들리는 광안리 해수욕장으로 향했다. 목도리와 장갑, 핫팩으로도 버틸 수 없는 매서운 바닷바람이 얼굴을 아리게 강타하는데도 파란 하늘과 바다, 그리고 그 사이에서 하얗게 부서지는 파도가 막힌 목구멍에 사이다를 들이붓는 듯한 시원함으로 들어왔다. 오랜만에 느껴보는 자유에 혼자 있어도 혼자라는 느낌이 들지 않았다. 가족과 함께였더라면, 바다를 배경으로 사진 찍어주느라 바빴을 테지만 그 순간만큼은 유유히 걸으며 바다를 원 없이 보았다. 실컷 바다를 본 후에는 바닷가를 등지고 골목을 따라 들어갔다. 그렇게 목적지도 없이 무작정 걸어보는 것도 오랜만이었다. 점심으로는 크림소스가 진한 감자 뇨끼를 먹었다. 혼자 먹기에는 많은 양이었지만 바닥이 보일 때까지 오래도록 수저와 포크를 내려놓지 않았다.

그리고 나서 찾은 곳은 독립서점이었다. 언제부터인가 여행을 가면 그 지역에 있는 책방을 가보는 습관이 생겼다. 혼자 하는 여행에서도 빠질 수 없는 코스였다. 독립서점은 책이 진열된 방식도, 풍기는 이미지와 조명의 명암도 전부 달라서 가봐야 할 곳들이 많았다. 뚜벅뚜벅 걸어서 책방에 도착했다. 한참 책 구경을 하다가 한 권을 사서 그 자리에서 읽으며 서너 시간을 보냈다. 가족과의 여행에선 할 수 없는 일이었다.

이틀 동안 그렇게 하고 싶은 것들을 했다. 그리고 집으로 돌아왔을 때, 남편은 나 혼자만의 여행이 궁금했는지 사진들을 살펴봤다.

"뭐야! 사진이 이게 다야?"

나 홀로 여행은 배고픔도 잊게 했다. 부산의 독립서점과 그곳에서 만난 책 때문에 자꾸만 식사시간이 휘발되었다. 어떨 땐 밥 대신 커피를 마셨고, 추위를 달래줄 도수가 센 수제 맥주를 마시며 책을 보거나 따뜻한 '글루바인' 한 국자를 얻어 마셨다. 남편은 여행하면서 맛있는 음식도 많이 먹고 오지 그랬냐며 혀를 내둘렀지만 난 그것으로도 충분했나 보다. 여행 내내 먹은 음식보다 서점에서 읽은 활자가 더 많았을지라도 이럴 땐 '양보다 질'이라는 진리를 받아들일 수밖에 없다.

여행 중 읽은 책에 가슴에 스며드는 말이 있었다.

인생에서 좋아하는 것 한 가지를 누리기 위해서 좋아하지 않는 것 아홉 가지를 감수해야 한다는 것을, 우리는 경험을 통해 배운다. 한 가지를 추구하기 위해 아홉 가지를 견뎌내는 것의 반복이 삶이라는 것. ―《아무도 없는 바다Nobody in the Sea》

혼자여서 좋았지만 떨어져 있는 거리만큼 가족에 대한 애틋한 마음도 분명 존재했다. 여행지에서 먹은 음식은 나 혼자만 기억할 수 있는 것이라 아쉬운 것도 사실이었다. 하지만 뜻밖의 휴가에 나는 스스로를 토닥여주는 법을 배웠고, 나의 취향을 더 깊이 알게 되었으며, 일상에서 겪게 될 아홉 가지 일을 감수하기 위해 한 가지 더 큰 에너지를 채우고 왔다. 떠날 때는 카메라만 챙겨 갔는데, 돌아올 때는 짐이 여섯 가지로 늘었다. 대부분 소품 가게에 들를 때마다 가족을 위해 사 모은 것들, '엄마 손

맛'을 느끼게 해줄 싱싱한 식재료들과 간식들, 그리고 나를 위한 몇 권의 책이었다.

또다시 하루가 시작되고 분명 힘든 날도 있을 것이다. 하지만 휴가지에서 채워온 가슴 충만한 감사함을 느끼며 하루의 일상이라는 쳇바퀴를 돌리고 또 돌릴 것이다.

우리 집 DMZ

—

하루 동안 전업주부의 행동반경이 얼마나 되는지 아는가. 어떤 가정은 한 명의 희생으로 누군가의 행동반경이 하나의 점으로만 찍혀 있을지 모른다. 집 안에서 이루어지는 차별적인 움직임. 나는 이런 억울함을 호소해본다. 시시포스의 형벌처럼 영원히 똑같은 행동을 반복할지도 모를 사람들을 위해.

우리 집을 예로 들어본다. 우리 집은 집안일의 분배가 꽤 잘 이루어져 있다. 물론 처음부터 그랬던 것은 아니고, 몇 년간의 노력이 필요했다. 남편뿐 아니라 아이들도 자유의지에 따라 자신이 할 수 있는 일을 결정했고, 각각의 선택과 집중에 따른 효율성에 서로 감탄할 뿐이다. 남편은 빨래 개기와 분리수거를 맡고 있고, 아이들은 자신의 방 정리와 식사시간 테이블 세팅 담당이다. 요즘에는 안방 침대 정리도 도와주고 있는데 아이들이 자라는 만큼 도움의 손길도 자란다.

"일은 그렇다 치고, 조금 도와준 것 갖고 생색 좀 안 냈으면 좋겠어요."

"맞아요. 우리 집 양반도 생색 대마왕이라니깐."

생색을 낸다는 것은 남들에게 무언가를 해준다는 의미가 내포되어 있다. 하지만 내가 말하고 싶은 것은, 집안일은 어느 한 사람의 몫이 아니라는 것이다. 때문에 각자의 영역이 정해져 있는 우리 집에서는 생색이라는 말이 다소 생경할 수밖에 없다. 가만히 지켜보면 우리에겐 서로를 위하는 마음과 즐거움이 동반되어 있다. 물론 처음에는 집안일을 분배하면서 당근 같은 요소도 살짝 가미해야 했다. 일정한 목표 달성을 위해 일시적으로 팀을 이루어 '하기 싫은' 집안일과 '하고 싶은' 무언가를 합치는 것이다. 이렇게 하면 각자가 맡은 일이 힘든 줄 모르거나, 혹은 견딜 만해진다.

우리 집은 특별한 일이 아니고서는 좀처럼 TV를 켜지 않는데, 남편이 빨래를 개는 시간에는 시청을 허용하는 식이다. 빨래를 개는 게 지겨울 수 있으니, 좋아하는 걸 즐기는 시간으로 형태를 바꿔본 것이다. 그러면 이 꼼수 대장 남편은 빨래를 아주 천천히, 정성스럽게 개곤 한다. 짝 잃은 양말들도 완벽한 한 쌍이 될 때까지.

하지만 모두가 예상했듯이 남편이 집안일을 거든 이후로 빨래가 쌓여 무덤을 만들어놓을 때가 많았다. 깔끔한 것을 좋아하는 나는 답답해 미칠 노릇이었다. 회사 일에 지쳐 힘든 줄 알고 대신 빨래를 접어두기도 했는데 남편의 황당한 말이 뒤통수에 날아든다.

"아, 금요일에 ○○○ 몰아 보면서 하려고 아껴둔 건데!"

물론 가끔은 하기 싫었을지도 모르겠으나 각자의 영역 안에서는 나름의 규칙이 있다. 내가 그 규칙을 마음대로 깨면 안 되는 것이다. 아이들은 우리 집을 방문한 손님이 "이렇게 정리 정돈을 잘하는 아이들은 처음 본다"라며 칭찬해주는 말에 으쓱해진다. 칭찬은 고래도 춤추게 하듯이 아이들은 깔끔한 자기만의 방을 누구보다 좋아한다. 평화로운 행보가 아닐 수 없다. 집안일에 뿌리를 내린 것은 나였지만, 가족에게 싹을 틔워 나눠주었더니, 자연스레 줄기가 생기고 가지가 뻗어나가 '평화'라는 꽃을 피웠다. 향기를 내뿜는 꽃에 코를 가까이 대면 정말로 행복해진다.

설거지가 힘들다면, 거치대에 휴대폰을 내려놓고 짧은 강의나 영상, 음악을 틀어놓을 것을 권한다. 담배를 피우는 남편이라면 분리수거를 할 때만큼은 눈감아주고, 정리가 서툰 아이를 위해서는 아이만의 DMZ를 위해 아주 작은 서랍 한 칸을 내어주는 것도 방법일 것이다. 문제를 해결하는 데는 저마다의 해법이 있다. 그것이 정답은 아닐지라도 힌트가 될 수 있다.

적어도 각자의 비무장지대에서는 평화가 지켜지기를 바란

다. 대신 평화를 위해 조금씩 자신의 무기를 내려놓아야 한다. 지금도 우리 집은 각자의 자리에서 집안일을 하고 있다. 로봇청소기도 휴대폰으로 자신의 경로를 알린다. 구석구석 많이도 돌아다녔다. 나 대신 가장 많이 움직이는 아이다. 오늘은 청소를 끝낸 로봇청소기가 나에게 말을 건다.

'본체 센서는 작동 중에 먼지로 덮이게 됩니다. 약 30시간 사용 후 깨끗하게 닦아주세요.'

로봇의 즐거움을 위해 이제 그의 마음도 살펴볼 때다.

나만의 휴식을 찾아서

—

아이들과 자주 찾는 장소가 있다. 시골 외딴곳에 있는 책방인데, 방문한 지 벌써 3년이나 되었다. 차로 한 시간 정도 걸리는 그리 멀지 않은 거리에다가 책방 오른편에는 북스테이를 할 수 있는 숙소가 딸려 있어 남편이 바쁜 주말에는 아이들과 떠나기 좋은 여행지다. 호수가 보이는 통유리창과 지붕의 천창으로 쏟아지는 햇살, 하루 종일 책을 볼 수 있는 여유까지. 도심에서 느끼기 어려운 고즈넉한 쉼이 그곳에 가면 있었다. 아이들은 여름엔 숙소에 딸린 작은 풀장에서 물놀이를 하고, 겨울엔 아무도 없는 새하얀 눈꽃세상에서 볼과 귀가 빨개지도록 뒹굴었다. 낮에는 책방에서 책을 보고 밤에는 다락방에 누워 시골의 선선한 밤공기를 마시며 하늘의 별을 보았다. 아침이면 그곳 사장님이 키우는 강아지 밀키와 논두렁길을 따라 걸었고, 매년 줄지어 날아가는 철새들도 이제는 익숙한 풍경이 되었다. 그렇게 계절마다 몇 번을 찾아가다 보니 이제 그곳은 제2의 고향 또는 친정처럼 편안한 곳이 되었다.

여행을 다니다 보면 예상치 못한 상황이 생기기도 하는데 그동안 나는 그것을 실패라고 생각했다. 계획에 없던 일이 생기면 당황하고 불안해했다. 그래서 세세한 것까지 꼼꼼하게 계획하는 사람이었고, 문서로 깔끔하게 정리해 출력해서 그곳에 적힌 대로 움직였다. 한번 계획이 틀어지면 큰마음을 먹어야 했고, 특히 아이들과 가는 곳은 안전까지 생각해야 해서 긴장의 연속이었다. 하지만 마음을 졸이고 긴장해야 하는 여행이라면 여행이라고 할 수 없지 않나? 나까지 여행지의 가이드일 필요가 없는데 말이다. 이곳으로의 여행이 익숙해질 때쯤 나는 다짐했다. 쉼이 필요한 순간에는 늘 이곳을 찾으리라고. 내게 능동적인 휴식을 부여하겠노라고.

내가 살아가는 데 힘이 되는 휴식은 어떤 것인가. 나만의 시간이 주어졌을 때 무엇을 하고 싶은가. 우리는 늘 긴장한 채 살아가고 있다. 삶의 무게 때문에 나무 그늘이 있어도 쉬어가질 못하고 지나친다. 자신을 이완시키는 방법은 전혀 생각하지 못한 채 계속 수축만 하는 것이다. 그것이 행복일까? 행복은 억지로 집어넣는 것이 아니다.

나는 한 달에 한 번씩 혼자 여행하며 마음껏 자연을 누린다. 가급적 대중교통을 이용해 그곳을 느끼고 어린 날을 추억한다. 좋아하는 책을 한 권 옆구리에 끼고 깊은 사색을 한다. 그리고 그곳에서 아름다움을 찾아본다. 새소리, 꽃잎, 작은 돌멩이, 바람. 너무나 당연하다고 생각했던 것들에 고마움을 느낀다. 그동안 뜸했던 전시회에 가면 되도록 오래 머문다. 혼자 여행을 다니면서 내가 차츰 변하고 있는 것을 느낀다. 점점 더 느슨해지고 있다는 것. 가고 싶은 곳 몇 군데만 정해두고 나머지는 그냥 흘러가게 두었다. 목적지를 향해 앞만 보고 달리지 않으니 더 많은 것을 느끼게 되었다.

휴식에도 나만의 루틴이 생기면 좀 더 여유로워진다. 나의 휴식법은 여행을 다니며 사진을 찍는 것이고, 아이들의 휴식법은 주말 하루는 자유를 만끽하며 TV를 보는 것이다. 남편의 휴식법은 매일 일기를 쓰고 밀린 잠을 자는 것이다. 휴식을 취하는 방법은 저마다 다를 수 있다. 방법은 달라도 자기를 돌보는 시간이 필요하다. 나는 지금껏 가족에게 지켜야 할 것을 너무 많이 만들어놓은 것이 아닌가 하는 후회도 들었다.

가끔 친정집에 가면 마음이 편안했다. 결혼한 지 10년이 지났지만 아직도 익숙한 냄새와 공간이, 그리고 비빌 언덕이 있는 부모님이 계시기 때문일 것이다. 하지만 친정엄마는 우리 집에 올 때마다 불편해하셨다. 집이 너무 깔끔한 게 불만이라고 하셨다.

"너무 반듯하게만 살다 보면 날카로워서 사람들이 너를 떠

나. 조금은 둥글게 살려고 노력해봐. 허점이 보이면 좀 어때?"

이제 나는 나를 빡빡하게 하는 모든 것들을 조금씩 버리려한다. 청소할 때 정리정돈에 목숨 거는 것을 버리고, 물건이 제자리에 놓여 있지 않아도 되고, 노트 정리를 예쁘게 하지 않아도 괜찮아하는 것. 다른 사람들의 시선을 의식하지 않고, 자녀양육에 관한 문제를 나 혼자 결정하거나 처리하지 않고, 내 생각과 감정을 솔직하게 터놓는 법을 연습하고, 내 하루를 정해진 틀 안에 가두지 않을 것이다. 편안한 쉼이 내게 선물을 주듯, 나도 편안한 사람이 되려고 한다. 내게서도 모델하우스보다는 고향 집 같은 냄새가 풍겼으면 좋겠다.

나다운 일을 하고 있어요

—

둘째 아이를 낳고 꽤 괜찮은 산후조리원에 들어갔다. 마지막 출산이라고 생각하니 내 몸에 투자를 하고 싶었다. 최대한 몸조리에 신경 쓰고 케어가 잘되는 곳에서 나도 아이도 편안하게 쉬고 싶었다. 비싼 돈을 낸 만큼 영화관도 있었고, 좋은 마사지 기계를 갖추고 있는 데다, 찜질방도 있었다. 호텔식 침구와 호텔식 밥상에 눈이 휘둥그레졌다. 2주 동안 공주처럼 누리는 이곳에서의 생활을 남들에게 자랑하고 싶었다.

소소하게 육아 기록용으로 쓰던 블로그에 처음으로 '○○ 산후조리원 후기'라는 제목으로 1일 차부터 써 내려가기 시작했다. 그런데 그런 글을 올리는 사람은 나뿐만이 아니었다. 알고 보니 같은 층의 기쁨이 엄마도, 메이 엄마도, 큰꿈이 엄마도 나와 비슷한 시기에 들어와 글을 올리고 있었다.

동갑내기여서 더 친해진 기쁨이 엄마는 파워 블로거였다. 글을 올리는 족족 조회 수가 세 자릿수를 가뿐히 넘겼다. 맛집부터 리빙, 뷰티에 관한 글이 많았고, 이제는 비싼 육아용품들도 협찬을 받고 있다고 했다. 누구나 그녀의 유머러스한 글을 좋아했고, 자신의 말투로 약간의 홍보를 곁들여 글을 쓰기만 하면 됐다. 파워 블로거는 새로운 세상이었다. 하지만 그러한 결과가 나오기까지는 수년간의 노력이 있었으므로 부럽지만 넘볼 수 없는 벽이었다.

"나도 너처럼 되고 싶은데 어떻게 하면 돼?"

용기 내어 물어본 말에 그녀는 우선 경쟁이 약한 쪽에 도전해보라고 했다. 그렇게 시작했다. 처음엔 보조제나 영양제, 세탁세제, 문제집, 인기 없는 도서들을 소개했다.

그러다 조금씩 분야를 넓히게 되었다. 조회 수가 높은 편은 아니었지만 꾸준히 주기적으로 올리는 글과 정성스럽게 찍어 올린 사진 때문에 클릭하게 되었다는 사람들이 생겼다. 아이의 이유식이 집으로 배송되었고, 새로 생긴 키즈카페나 맛집, 카페 등에서 사진을 찍어달라며 연락이 왔다. 순했던 둘째 아이와 웃는 게 예뻤던 첫째 아이도 가끔 모델처럼 내 블로그 글 속에 등장했다. 남편은 가끔 협찬으로 들어오는 미용실과 마사지 숍에서 공짜로 체험하고 오는 나를 치켜세웠고, 나도 조금이나마 살림에 보탤 수 있어 기뻤다. 동네 식당부터 운이 좋으면 근사한 숙소까지 이용해볼 수 있어서 색다른 재미를 맛볼 수도 있었다.

블로그 체험단은 육아에 좀 더 신경 쓰면서, 그리고 이사를 하게 되면서 자연스레 손을 뗐다. 어찌 보면 그즈음에 흥미를 잃은 것일 수도 있겠다. 어린이집에 다니던 첫째와 집에서 온종일 나와 같이 있던 둘째가 차츰차츰 다른 세상으로 옮겨간 것처럼, 나도 새로운 세상을 찾고 싶었던 것일지도 모르겠다. 나의 블로그에 점점 홍보 글이 많아지면서, 내가 원하던 세상이 아니라고 느꼈는지 모르겠다. 이사를 하면서 친했던 이웃들과도 자연스레 소원해지듯이 나는 블로그를 접었다. 그리고 하고 싶은 것을 찾아다녔다.

'취미를 갖자! 좋아하는 것을 하자!'

평소 좋아하던 책에 대해 사람들과 얘기를 나누고 싶어 독서 모임 모집 글을 찾아봤다(맘카페에서 검색해보면 의외로 엄마들의 모임이 꽤 많다). 책을 혼자 읽는 것과 같이 읽는 것은 전혀 달랐다. 나에겐 평범한 문장이 누군가에겐 인생 명언이 되기도 하고, 그와 반대 상황이 되기도 한다. 한 문장에서 여러 갈래의 생각이 뻗어나가기도 했고, 자신의 경험과 인생을 책과 함께 다독이며 얘기 나누다 보면 저절로 힐링이 되기도 했다. 나와 생각이 다른 사람들을 보면 배제하기보다는 '와, 이렇게 다를 수 있구나!' 하며 이해하게 됐다. 경제 분야에 일가견이 있거나 과학적 지식이 풍부하거나 감수성이 남다르거나 좋은 습관을 많이 가지고 있는 다양한 사람들을 만날 수 있었다. 다름뿐 아니라 배울 것도 많았다. 독서 모임은 책을 통해서도 사람을 통해서도 내게 소중한 재산이 되었다.

욕망을 불리고 싶어 하는 사람들처럼 나는 독서 모임을 늘려갔다. 독서 모임은 구성원에 따라 책의 분야가 달라진다. 처음엔 독서 모임 하나여도 좋더니, 다른 독서 모임에 참가하다 보니까 알게 됐다. 어떤 모임에선 소설만 주구장창 읽고, 어떤 모임에선 자기계발서만 읽었다. 어떤 곳은 고전만 파고들고, 어떤 곳은 신규 도서 위주였다. 그럼에도 각각의 모임에서 내가 얻을 것은 항상 있었다.

책을 많이 읽다 보니 기억하고 싶은 문장이나 모임 사람들과 함께 생각해보고 싶은 대목을 발췌해 SNS에 기록해두기도 했다. 단지 좋아서 했던 일인데 여러 출판사에서 책을 제공받고 서평을 쓰기도 했다. 현재는 세 곳의 출판사에 서포터스로 있다. 독서 모임에서 읽는 책 이외에도 다른 분야의 책들을 읽어볼 수 있어 나로선 좋은 일이다. 그 덕분에 책 편식이 없어진 것 같기도 하다. 물론 조금은 벅찰 때도 있다. 내용이 어렵거나 두꺼운 책들이 한꺼번에 쏟아지면, '헉' 소리가 저절로 나온다. 그래도 내가 좋아하는 책을 내가 좋아하는 카메라에 담아 나의 글로 남긴다는 것은 의미 있는 일이기에 체력이 되는 한 계속 이 일을 하고 싶다.

내가 글쓰기 수업을 듣고 작가가 되고 싶다는 마음을 품은 것은, 내 글이 다른 사람들에게 좀 더 잘 읽히길, 매끄러운 문장으로 가 닿길 바라서였다. 예전에는 생각해보지 않았던 직업이지만 이 기록들은 나의 변화된 삶을, 그리고 변화된 직업을 증명해줄 것이다.

독서 모임을 통해서, 혹은 출판사의 서평단 활동을 통해서 내가 돈을 벌거나 전문가가 되는 것은 아니다. 조금의 노력이 나에게 가져다주는 것은 약간 더 쌓인 지식과 소정의 책이다.

그럼에도 나는 이 일에 만족하고 있다. 여전히 전업주부라는 타이틀 외에 '프리랜서'라는 말도 벅차지만 이 글을 읽을 사람들에게 얘기하고 싶다. 좋아하는 일을 찾고 그 일을 꾸준히 하는 것, 그게 나다움을 잘 드러내는 직업이 된다고.

두 개의 선

—

가로 9센티미터. 나의 몸에는 위와 아래를 구분 짓는 두 개의 선이 있다. 그 선은 내게 흉터였고 다른 사람들에게 보여주고 싶지 않은 선이었다.

첫 번째 선은 첫 출산 때 생긴 것이다. 줄곧 역아로 있던 아이 때문에 제왕절개 수술을 하면서 생긴 선이다. '엄마'가 되기 위해 필요했던 그 선은 몸에 칼을 긋고 피부 가죽을 양쪽으로 벌려 소중한 생명을 꺼내기 위한 것이었고, 꽁꽁 묶여 있는 침대에서 내 몸이 의지와 상관없이 이리저리 흔들리며 만들어졌다. 피부에 닿는 차가운 메스와 공기들은 불안과 불쾌감으로 가득했던, 전혀 거룩해 보이지 않는 출산 과정 중 하나였다. 그 후 배꼽 밑에 생긴 선은 두꺼운 지렁이가 꿈틀거리는 듯 보여 나의 여성성까지 앗아간 것 같았다.

두 번째 선은 둘째 아이를 똑같은 과정으로 꺼낸 뒤 약 2년이 지나서 생긴 것이다. 엄마가 돼보면 안다. 왜 여자의 몸은 아이를 낳은 후 만신창이가 되는지. 나는 육아와 가사에 신경 쓰느라 내 몸을 잘 보살피지 못했다. 건강검진을 계속 미루는 동안 내 몸속에서는 작은 덩어리가 자라고 있었다. 내 몸을 내가 아끼고 사랑하지 않을 때, 덜컥 갑상선암이 찾아왔다. 아무리 착한 암이라고 하지만 '암'이라는 단어를 듣는 순간 나의 기분은 처참히 아래로, 아래로 끌려 내려갔다.

제일 밑바닥으로 치달았을 때는 암세포를 추출하는 조직검사를 받을 때였다. 독박 육아의 나날을 보내던 그때, 첫째 아이를 유치원에 보내놓고 둘째 아이를 아기 띠로 메고 병원으로 향했던 기억이 난다. 그날은 내 생일이었다. 예전에는 생일이 축하와 선물, 파티로 이어지는 행복한 시간이었는데 가족이 늘면서 친구들도 몇 년 동안 만나지 못하고 있었다. 존재 자체를 부정당한 듯 축하 연락도 받지 못한 채 나는 선물 가방이 아닌 기저귀 가방을 손에 꽉 움켜쥐고 외롭게 대기실에 앉아 있었다.

침상에 누워 기다란 장침을 목 속에 넣고 세포를 추출하는 순간, 조금의 미동도 있어서는 안 되는 그 순간에 결국 참았던 눈물이 왈칵 쏟아졌다. 검사를 받는 와중에도 옆 침상에 나란히 누워 있는 15개월 된 둘째 아이를 신경 써야 해서 그랬을까? 아니면 엄마의 아픔 따위는 모른 채 간호사가 준 처음 맛보는 달콤한 막대사탕을 빨며 방실방실 웃어대는 얼굴이 내 모습과 교차되어서였을까? 혼자가 아니었지만 혼자인 기분이 들었다. 그제야 잠깐의 시간도 못 내준 남편이 미웠다. 줄기차게 혼자 하던 일들이었다. 집안의 대소사를 챙기는 것, 돈을 관리하는 것, 집안일을 완벽하게 해내는 것, 아이의 교육을 신경 쓰는 것. 이 모든 것이 엄마이자 아내의 역할이라고 생각했다. 하지만 책임감 아래 짓눌려 있던 '나'라는 존재가 죽기 직전의 지렁이처럼 꿈틀댔다.

갑상선 한쪽을 제거하는 수술을 하면서 우리 가족은 많은 것을 느꼈다. '존재'에 대한 고마움과 '엄마'의 소중함과 '아내'에 대한 연민이 묵직하게 서로의 마음에 굵은 선으로 새겨진 듯했다. 동일한 길이의 두 자국이었지만, 출산 때 겪은 처음의 선을 나 혼자 감당해야 했다면, 암수술로 생긴 두 번째 선은 우리 가족 모두가 감당해야 할 몫이 되었다. 선은 상처와 죽음이 될 수도 있었지만 결국 회복과 생명의 선이 되었다. 아이들은 혹여나 엄마가 힘들어할까 봐 나의 컨디션을 자주 살핀다. 남편은 가사와 육아를 분담해주며 고맙다는 말을 자주 한다. 사랑과 배려로 가족의 소중함을 깨닫게 된 지금은 두 선이 몸에 새겨진 문신처럼 강해졌다.

종이에 베인 상처

누구에게나 똑같이 주어지는 하루 24시간. 하지만 어떤 사람들은 36시간이 주어진 것처럼 계획한 일들을 척척 해내며 알차게 살아간다. 시간을 알차게 쓴다는 것은 빈틈이 없이 쓰는 것일까? 아니면 뭔가 활용을 잘한다는 말일까? 다른 사람들은 무엇을 하며 시간을 보낼까? 갑자기 궁금해졌다. 나의 하루는 오전에 책을 읽고, 집안 살림을 조금 한다. 아침 겸 점심으로 혼자 밥을 차려 먹거나 날씨가 좋은 날엔 자전거를 타고 호수 공원 한 바퀴를 돈 뒤 근처 카페에서 빵과 커피로 요기를 한다. 오후 2시 정도 되면 학교에서 돌아온 아들의 간식을 챙겨주고, 학원 갈 채비를 해서 보낸다. 중간중간 혼자 남은 시간에는 서재로 들어와 노트북을 열고 생각을 짜내어 글을 쓴다. 글을 쓰는 시간은 대중이 없다. 그게 참 난감한 문제다. 어떤 날은 한두 시간으로 끝나기도 하고, 어떤 날은 가족의 저녁을 챙겨주고 난 뒤에도, 그리고 가족이 하나둘 잠자리에 든 시간에도, 나는 글을 쓰고 있다.

글을 계속해서 생산해내는 작업, 그것이 '작가'라는 사람이 해야 하는 일이다. 책을 써서 출판까지 한 사람들도 거기에서 멈추는 것이 아니라, 계속 새로운 글을 생산한다. 내가 생각했던 작가의 우아한 로망과는 조금 다른 구석이 있다.

"하고 싶은 게 도대체 뭐야? 글을 써서 돈을 벌고 싶은 거야? 아니면 명예로웠으면 좋겠어? 왜 갑자기 그렇게 몸을 축내면서까지 열심히 하는지 모르겠어. 다른 엄마들은 아이 학교 갈 때쯤 되면 다니던 회사도 관둔다던데, 지금 그 일을 굳이 해야 해? 나중에 해도 되잖아. 그냥 취미로만 잠깐씩 하면서 말이야."

지난 주말, 남편이 내게 한 말이다. 물론 내가 힘들어 보여서 안타까운 마음에 그랬다고는 해도, 독이 묻은 화살촉에 맞은 것처럼 가슴이 아팠다. 무심코 내뱉는 말에도 진심의 방향이 느껴지기 때문이다. 남편은 내가 글을 쓰느라 아이들의 공부에 덜 신경 쓰고, 어수선해진 집안 꼴이 신경 쓰이는 것이다. 말로는 설명하기 힘든, 남편은 이해하기 힘든 상황들은 어떻게 해결해야 하는 것일까? 말 대신 글로 써서 보여주면 조금은 진심이 통할까? 내가 하고 싶은 일도 못하고 전업주부에게는 집안일이 우선이라는 사실에 조금 비참했다.

'그냥 내가 원해서 쓰는 거야. 써야지만 마음의 응어리가 풀리는 것이 있어.'

최근 브런치에 썼던 글 중에 하나가 다음 메인 글에 오르면서 엄청난 유입이 생겼다. 하루 조회 수가 두 자릿수였는데 몇 시간 만에 네 자릿수로 바뀌는 것은 아무것도 아니었다. 기쁨의 감정보다는 환희에 가까웠다. 내 글이 누군가에게 인정받는 기분이 들었기 때문에 더욱 흥분을 감출 수 없었다. 하지만 나는 곧 혼란에 빠졌다. 조회 수가 많아지면 당연히 라이킷이나 구독자 수에도 영향을 끼칠 거라 생각했지만 그것과는 별개였기 때문이다. 결국 사람들이 훑어보는 글 중 하나가 된 것이다. 공감을 얻어내거나 실용적이거나 혹은 자극적이지 못했다는 생각. 주변 사람들은 이런 유입이 글을 쓰는 데 자극과 동기부여가 된다고 하지만, 나는 전혀 그러질 못했다.

아무것도 하지 않은 채 가만히 있다 보면 어떤 때에는 째깍째깍 흐르는 시계 소리마저 아름답게 들리고, 어떤 때에는 그 시곗바늘이 날이 선 채 자꾸만 조여 오는 것 같다. 내가 하고 있는 일이 옳은 것인지, 글을 쓰면서 전업주부인 내가 당당하게 글을 써내려면 어느 정도의 시간을 할애해야 하는지, 결국 누군가가 희생해야 하는 순간이 온다면 가성비가 덜 나오는 쪽이 해야 되겠지. 나에게 주어진 24시간 중에서 내가 온전히 쓸 수 있는 시간이 얼마인지 고민하게 된다.

A4용지에 손을 베였다. 그동안 쓴 원고들을 살피려고 종

이를 넘기려던 잠깐 사이였다. 피가 날 정도도 아니고 그냥 슥, 상처가 났을 뿐인데 칼로 손가락을 도려낸 것처럼 아팠다. 원래 종이에 베인 상처가 더 쓰라린 건가? 요리를 하다가 칼에 베였다면 남편이 와서 밴드라도 붙여줄 것이다. 그런데 종이에 베인 상처는 왠지 혼자 감당해야 하는 일처럼 느껴져서 더 외롭다. 매일 밤 그러하듯, 글을 쓰다 보면 생각이 많아져서 그러겠지만.

그녀는 글을 쓴다. 온갖 색깔의 노트에다, 온갖 피로 만들어진 잉크로. 글은 밤에 쓰는데, 그렇게밖에 할 수 없다. 장을 보고, 아이를 씻기고, 아이의 학과 공부를 돌봐준 뒤이다. 그녀는 저녁상을 치운 뒤 같은 식탁에서 글을 쓴다. 밤늦도록 언어 속에 머무른다. 아이가 깜빡 잠이 들거나 놀이에 빠진 사이, 그녀가 먹이는 이들이 그녀에 대해 아무것도 알 수 없게 된 순간에 글을 쓴다. 이제 아무도 침범할 수 없는 그녀 자신이 되어 있는 순간 그녀는 홀로 종이 앞에 앉는다. 영원 앞에 나와 앉은 가난한 여자이다. 수많은 여성들이 얼어붙은 그들의 집에서 그렇게 글을 쓴다. 그들의 은밀한 삶 속에 웅크리고 앉아, 그렇게 쓴 글들은 대부분 출간되지 않는다.

― 크리스티앙 보뱅, 《작은 파티 드레스》

이정오

[( )]

"사실은 괄호 안에 담긴 것이 진짜일지도 몰라요."

작가가 되는 시간

—

"통通이요!"

가끔 사극에서 성균관 유생들이 과제나 시험에 통과하면 통通이란 인장을 쿡 찍어주는 것을 본다. 통通하다. '내왕하다, 알리다, 알다'라는 뜻의 한자어인데 난 요즘 들어 통보다 불통에 더 가까운 느낌이다. 세상에 미혹되지 않는다는 마흔 살도 훌쩍 넘겼고 하늘의 뜻을 안다는 쉰 살을 코앞에 둔 지금, 세상과는 어찌 이렇게 불통인지 알 수 없는 노릇이지만 나이가 들수록 보고 싶은 것만 보고 듣고 싶은 것만 듣는다고 내가 딱 그 꼴이다. 그러다 보니 속은 옹졸해지고 시야는 좁아질 수밖에 없어서 가족과도 불통일 때가 많은데 세상과의 소통은 오죽할까?

최근 사람들이 모였다 하면 가장 큰 이슈는 부동산, 주식 또는 비트코인이라고 한다. 카페에서 삼삼오오 모여 앉은 사람들의 대화를 살짝 들어봐도 틀린 말은 아닌 듯하다. 특히 아파트 값이 한 달 사이에 1000만 원씩 오르는 우리 동네에서는 더더욱 그런 것 같다. 부동산이나 주식에는 원래 문외한이었지만 태생이 타고난 뒷북인지라 차라리 모르는 게 약인 나에게는 그들의 대화가 먼 나라 얘기일 뿐이었다. 알아서 스트레스를 받느니 차라리 모르고 사는 게 마음 편하지 싶다. 그러다 보니 사람들을 만나면 딱히 할 말도 없고 재미도 없었다. 누구네 아이가 공부를 잘한다거나 어느 화장품이 주름 개선에 좋다거나, 맛집이 어디 새로 생겼다는 이야기뿐인 모임은 공허하기만 했다. 학교 친구들마저도 현실은 피해갈 수 없는지 한때의 추억은 애피타이저일 뿐, 메인은 재테크이고 디저트는 건강 이야기다.

이쯤 되면 나도 현실을 직시하고 그들의 세계로 들어가야 하나 고민하던 바로 그때, 글쓰기 모임을 시작했다. 일주일에 한 번 만나는 모임이지만 서로 통하는 사람들과 보내는 시간이 너무 달콤했다. 관심사를 공유할 수 있고, 내가 좋아하는 것을 남들도 좋아한다니. 모임이 이어지면서 우리는 책이나 글뿐만 아니라 삶에 대한 이야기를 나누고 서로의 꿈을 응원하는 관계로 성장했고 우리의 삶도 그만큼 자랐다. 트래블맘, 러닝맘, 리딩맘…. 낮워킹맘이지만 나름 하는 일도, 하고 싶은 일도 많은 맘들이다. 멤버 한 명 한 명의 색깔은 다 다르지만 함께일 때 더 빛이 난다는 사실, 요즘 내가 느끼는 신비 중 하나다. 꼭 부자가 안 돼도, 성공과는 거리가 멀어도, 그냥 좋아하는 것을 함께하는 것만으로도 얼마든지 행복하고 부자가 될 수 있음을 배우고 있다.

일주일에 하루. 이날만큼은 우리 모두 작가가 된다. 줌 수업을 하는 아이를 혼자 두고 나와야 해서 처음엔 이래도 되나 싶은 마음에 불편했지만 나중엔 서로 통! 해서 아이도 나도 나름의 자유를 누리는 시간이 됐다. 아이도 엄마가 없으니 휴대폰을 맘대로 볼 수 있다나? 그래서 서로에게 숨통을 틔워주는 날로 생각하기로 했다.

우리는 여전히 책을 읽고, 글을 쓴다. 세끼 밥만 짓던 엄마들이 이제는 글도 짓는다. 맛있게 먹어줄 사람이 없어도 괜찮다. 한 줄 한 줄이 쌓여갈 때마다 우리의 생각도 한 뼘씩 자라고, 마음도 한 평씩 넓어질 테니까. 그것만으로도 충분하다.

인생의 2040

—

취업을 위해 지방에서 서울로 왔을 때 성공이 눈앞이라고 생각
했다. 드디어 여의도에 입성했을 땐 세상을 다 가진 것 같았고,
방송국에 첫 출근하는 날은 꿈을 이룬 것만 같았다. TV에서 보
던 사람들을 바로 내 눈앞에서 보면서(소리도 못 지르고 매번 입
틀막!) 세상 부러울 게 없었다. 앞으로 어떤 험난한 일이 펼쳐질
지 모르는 사회 초년생의 순도 100퍼센트의 기쁨이랄까?

　　모 방송사에서 연예 정보 프로그램을 할 때는 매주 스타 초
대석에 내로라하는 스타들이 게스트로 출연했는데 시골뜨기인
나는 처음엔 눈도 못 마주치고 뒤에서 호들갑을 떨었다! 그러던
어느 날 자취방에서 청소를 하고 있을 때였다. 휴대폰 벨이 울
렸다. 모르는 번호였다.

　"여보세요!"

　"안녕하세요. 저 송○○인데요?"

　"네? 누구시라고요?"

　지금 내가 제대로 들은 것 맞나? 송○○? 내가 알고 대한민

국이 다 아는 송○○이라고? 숨이 멎을 뻔했다.

"○○작가님 아니신가요?"

"네, 맞는데요…."

"감독님이 촬영 준비물은 작가님께 직접 물어보라고 해서요."

세상에! 세상에! 세상에! 어떻게 이런 일이!!! 죽는 날까지 절대 잊을 수 없는 사건이었다.

1~2년차까지는 이 모든 게 매번 신기하고 신이 나서 괜히 내 어깨까지 상승하는 기분이었다. 하지만 어찌 늘 좋기만 하랴. 프리랜서의 아슬아슬한 삶이 주는 스트레스와 방송이 결방되는 만큼 수입도 줄고, 새 프로그램을 야심차게 시작해도 시청률이 저조하면 언제 폐지될지 모르는 상황은 영광 뒤의 고난이었다. 소심하고 수동적인 내가 프로그램의 생사가 곧 프리랜서의 생사인 방송계에서 버티는 데는 한계가 있었다. 체력과 가치관은 서서히 무너져갔고, 무엇보다 재능의 한계를 스스로 인정할 수밖에 없는 순간에 닿았다. 방송은 아이디어의 싸움인데 내 안에선 더 이상 새로운 게 나오지 않았다. 주말 버라이어티 〈일요일은 즐거워〉를 하면서 나는 정작 즐겁지 못했고 〈해피선데이〉를 할 때도 난 해피하지 못했으며 〈목표달성 토요일〉과 동

고동락했지만 목표는 이루지 못하고 방송국을 나와야 했다. 일이 익숙해질 때쯤이긴 했어도 체력적으로 많이 지쳤고 재미는 있어도 내 길은 아닌 것 같아 그만두기로 했던 것이다(지금의 나를 그때의 나로 다시 돌려보내고 싶다. 등이라도 떠밀어서). 언제든 다시 돌아갈 수 있다고 생각했는데 인생은 한 치 앞을 모르는 거였다. 그 후로 그 세계와는 이별이었으니까.

통장 잔고가 거의 바닥날 때 결혼을 했고 틈틈이 기독교 방송이나 책 구성작가로 일하면서 작가란 명맥을 간신히 유지했다. 그러다 아이가 태어나면서 자연스럽게 모든 걸 내려놓게 되었다. 그리고 12년째 아이를 키우고 살림을 하는 전업주부로 살고 있다.

가끔 여의도를 지날 때면 마음속에 그리움의 물결이 인다. 저 한강 너머에서 웃기도 하고 울기도 하고, 혼나기도 하고, 싸우기도 하면서 보낸 나의 20대가 손짓하는 듯하다. 일을 그만둘 때는 아쉬움이나 미련 따위 없다고 생각했는데. 그동안 모아둔 돈을 야금야금 까먹으면서 가난하지만 행복한 백수로 지내는 것도 나쁘지 않았는데. 하지만 1년에 딱 한 번 일을 그만둔 것을 후회하는 날이 있다. 바로 연말 연예대상 시상식이 있는 날이다. 한때 동기였던 작가들이 작가상 후보에 오르고 수상하는 모습을 볼 때 그 충격의 텐션이 생각보다 컸다. 몇 년 후엔 후배들이 그 자리에 서 있었다. 이젠 정말로 돌아갈 수 없음을 실감한 날이었다. 이날만큼은 일을 그만둔 것에 대해 생각이 많아진다. 살아남은 자를 바라보는, 살아남지 못한 자의 기분이랄까? 그 안에 있을 땐 힘들어서 매일 뛰쳐나가고 싶어 했는데 밖에서 보면서 그들을 동경하게 될 줄이야. 화려한 조명 아래서 스타들과 함께 있는 그들의 모습과, 아이를 재우고서 다크서클이 내려앉아 판다가 된 얼굴로 방송을 보고 있는 내 모습을 비교하면서 나 자신이 더욱 초라하게 느껴졌던 것 같다. '나 지금 제대로 가고 있는 걸까?'

그때의 추억을 길어 올리다 보니 문득 내가 했던 방송들을 다시 찾아보고 싶어졌다. 요즘 방송에 비하면 그렇게 촌스러울 수가 없고 손발이 오그라들기도 하지만 그래도 내 땀과 눈물이 담긴 방송들, 오랜만에 잠시나마 빛났던 나의 20대를 소환해봐야겠다. 그리고 그때의 나에게 못해줬던 말들도 해줘야지.

'애썼다고. 수고했다고. 그리고 나 지금도 잘 살고 있다고.'

오르막길에 낭만 따윈 없지만

—

눈부신 햇살이 쏟아진다. 벚꽃이 그 빛을 머금어 더욱 환하게 빛난다. 온몸으로 부딪혀 오는 바람이 엄마의 품처럼 부드럽다. 마치 꿈을 꾸는 기분이다. 나는 지금 꽃비를 맞으며 자전거를 달리고 있다. 바구니가 달린 베이지색 자전거. 오랫동안 갖고 싶었던 자전거를 타고 아주 오래 전에 접어야 했던 그림을 배우러 가는 길이다. 한때 꿈꿨던 일이 현실이 된 것이다. 얼마 전까지만 해도, 아니 마흔 중반을 넘기면서 지워버린 꿈이었다. 그렇게 꿈으로만 끝내려 했는데 이런 날이 오다니!

꿈치곤 너무 소박한 거 아니냐고 할지도 모르겠다. 그 정도는 마음만 먹으면 얼마든지 할 수 있는 거 아니냐고. 포르쉐나 벤츠도 아니고 고작 바구니 달린 자전거인데, 전시회를 여는 것도 아니고 그림을 배우는 건데. 그러게나 말이다. 이렇게 쉬운 걸 난 왜 이제야… 뭐, 살다 보면 누군가에겐 쉬운 일이 누군가에겐 어렵기도 하니까.

이렇게 별거 아닌 것이 꿈이 된 사연도 알고 보면 별일 아니다. 대학 때 친구들과 비디오방에서(비디오방이 뭐냐고 묻는다면 당신은 MZ세대?) 본 이와이 슌지의 〈4월 이야기〉 때문이랄까? 주인공 우즈키가 벚꽃 흩날리는 길을 자전거를 타고 가는 장면. 줄거리는 가물가물해도 그 장면만큼은 또렷하다. 4월의 시그니처 같은 벚꽃이 필 때마다 생각이 나는 신scene이다. 〈러브레터〉의 '오겡끼데스카'처럼. 언젠가 한번쯤 해보고 싶었던 버킷리스트 중 하나였는데 그걸 하기까지 25년이나 걸렸다니(도대체 이게 뭐라고!). 그래도 해봤으니 됐다. 내가 더 이상 영화 속 주인공 같은 핑크빛 청춘은 아니라는 게 좀 아쉽지만.

여기까지만 쓰면 딱 해피엔딩이건만 이야기는 지금부터다. 25년 만에 이뤄낸 내 소중한 꿈이 5분 만에 깨졌기 때문이다. 기분 좋게 시작한 꽃길에서 오르막길을 만난 것이다. 기어도 바꿔봤지만(그것도 어떻게 바꿔야 하는지 몰라서 가다 서다를 반복해야 했다) 뼈와 살만으로 구성된 내 다리는 곧바로 현실의 벽에 부딪혔다. 더 이상 꽃은 보이지 않았고 미소 대신 미간의 주름이 생겼다. 오르막길은 오르막길일 뿐이지 더 이상 꽃길이 아니었다. 햇살은 열기로, 바람은 저항으로 느껴졌다. 좀 전의 낭만은 평지에서 이미 끝났다. 오르막길은 현실일 뿐이었다. 결국엔 자전거를 끌고 가야 하는 지경이었고 화실 앞에 도착했을 때 내 몰골은 땀범벅에, 바람맞은 머리는 엉망진창이 됐으며 불편한 안장에 엉덩이까지 욱신거렸다. '집엔 또 어떻게 가지? 차라리 걸어올걸. 이 나이에 낭만은 무슨!' (또 여기까지만 쓰면 새드엔딩이려나?)

25년의 꿈이 이렇게 일장춘몽으로 끝이 났느냐 하면 그건 또 아니다. 잠깐이었지만 행복한 꿈이었고, 꿈은 결국 이루어진다는 소중한 경험을 얻었으며 오늘의 이 경험은 나에게 다시 꿈 꿀 수 있는 용기를 주었다. 시간이 아무리 오래 걸리고, 먼 길을 돌아가더라도 닿을 수만 있다면 그 꿈은 지켜져야 하고, 지켜줘야 한다는 것 또한 알게 됐다.

사실 그림을 그리게 된 것도 아주 먼 길을 돌아 닿은 꿈 중 하나다. 재능이 있는지 없는지를 떠나서(뒤늦게 깨달은 사실이지만 재능보다 취향에 더 가까워) 미술을 좋아했고 고등학교 때는 미술 선생님의 권유도 있었지만 아빠의 반대에 부딪혀 접었던 꿈이 그림이었다. 그래서인지 원망, 아쉬움, 그리움이 늘 마음 한켠에 남아 있었다. 여태 다시 해볼 엄두를 내지 못한 건 꿈보다는 현실이 우선이었기 때문이고. 그런데 지금 내 손에 4B연필이 들려 있다. 결국 꿈이 이루어진 것이다. 화가로 대성을 해서가 아니라 하고 싶었던 일을 시작했다는 것만으로도 설렜고, 선 하나를 그리고 지우기를 수차례 반복하면서도 행복했다. 하지만 이 꿈도 생각만큼 오래가지 않을 수 있다. 결국 내겐 재능이 없다는 현실의 벽을 만나거나 생각지 못한 오르막길이 나타날 수도 있다. 그래도 이젠 안다. 꿈꾸는 것을 포기하지 않는다면 언젠가 그 꿈에 가 닿으리라는 걸. 가슴에 품은 꿈은 먼 길을 돌아가더라도 결국 이뤄진다는 걸. 그리고 이 꿈은 또 다른 꿈으로 이어지리라는 것도.

예뻐서 삽니다

—

오늘도 책을 샀다. 해가 바뀌고 고작 5일째인데 벌써 열 권이 넘었다. 하지만 사느라고 바빠서 여태 한 권도 읽지 못했다. 예스24, 알라딘, 교보 등 온라인 서점마다 매일같이 출석 도장을 찍고(학창 시절 12년 개근의 경험이 여기서 또 빛을 발하고 있다) 신간을 확인하고 유튜브와 SNS에서 추천하는 책들을 찾아 장바구니에 담는다. 매달 또는 수시로 지급하는 적립금과 포인트를 모아서 알뜰하게 책을 산다고 하지만 사실 배보다 배꼽이 더 크기에 알뜰함의 기준은 매우 개인적이고도 주관적일 뿐이다. '책계부' 쓰기도 전에 지출의 반이 도서와 굿즈라니 벌써 망했다.

새해 계획 중 하나가 '새로 안 사고 사놓은 책 읽기'였으나 작심삼일도 아니고 작심이일로 깨진 나의 계획이여! 하루가 멀다 하고 날아오는 택배 상자들이 모두 책들이다 보니 남편이 드디어 한소리를 했다.

"또 책이야?"

"아, 이건 그동안 포인트 모아서 산 거야!"

"포인트는 그냥 모이니?"

"…"

매년 온라인 서점마다 한 해 동안 내가 산 책의 권수와 금액, 그리고 독서 취향을 매우 꼼꼼하고 친절하게 알려준다. 어느 서점에선 내가 '재미를 추구하는 탐색형'이라고 했고(어쩌다 보니 그 서점에선 주로 추리소설을 샀다), 어느 서점에서는 나의 결제 금액이 상위 2.1퍼센트라고 했다. 이건 어디까지나 온라인 서점의 데이터를 근거로 한 것이고 오프라인 서점까지 합치면? 책 소비량으로 따지면 꽤 상위권이지 싶다(자랑스러워해야 할까? 반성해야 할까?).

오늘도 분명 공원 한 바퀴를 목표로 하고 집을 나섰는데 나의 걸음은 어느새 알라딘을 경유해서 동네 책방을 찍고 돌아오는 코스로 바뀌어 있었다. 게다가 갈 때는 분명 빈손이었는데 돌아올 땐 묵직한 쇼핑백이 들려 있다. 물론 걸음 수로는 동네 한 바퀴 이상이니까 운동을 안 한 건 아니다(코스보다는 얼마나 걸었는지가 중요한 거니까). 운동을 하러 간 건지 책을 사러 간 건지 굳이 따지지 말고 운동을 별로 안 좋아하는 나를 움직이게 했으니 나와 책 모두를 칭찬해주기로 극적 합의한다. 사실 이쯤 되면 심각한 '중독'이 아닐 수 없는데 그럼 나는 책 중독일까? 쇼핑 중독일까?

중독자 모임도 아니고 이렇게까지 주절주절 떠들고 있는 것은 내가 왜 책을 사는지 변명이라도 해야 할 판이기 때문이다 (모든 일에는 명분이 있어야 지속이 가능한 법이니까). 내가 책을 사고 또 사는 이유는 뭘까? 돈이 많아서? 네버! 지적 욕구나 호기심? 그건 반은 맞고 반은 틀린 것 같다. 활자 중독? 책 중독과 활자 중독은 엄연히 다르다는 사실! 그럼 마음이 허해서? 유감스럽지만 그것도 아니다(마음이 허할 땐 다른 것을 산다). 솔직히 말하면 내가 책을 사는 이유는 단순하다. 책이 예뻐서다. 나는 책이 예뻐서 좋다. 반듯한 모양(반드시 반듯한 사각이어야 한다. 모양이 변형된 책들은 그다지 좋아하지 않는다)의 책들이 입은 각양각색의 옷들이 예쁘다. 그런 책들이 옹기종기 모여 있는 모습이 그렇게 예쁠 수가 없다. 크기별로 모아놓아도, 색깔별로 모아놓아도 다 예쁘다. 가지런히 꽂아놓아도 예쁘고 마구잡이로 쌓아놓아도 예쁘다. 요즘은 집만 리모델링하는 게 아니라 책도 리모델링하는 분위기다. 고전은 출판사마다 개성 있는 모습으로 탈바꿈되고 있고 내가 이미 산 책, 오래전에 읽은 책들도 리커버되어 다시 나오고 있다. '아~ 이건 반칙이지. 이러면 안 되지.' 씩씩거리면서도 슬그머니 지갑을 열어 이건 '소장용'이라는 테마로 서재 한켠을 내어준다.

경제·경영이나 역사 분야의 책은 거의 안 산다. 그 이유도 단순하다. 관심 밖의 영역이기도 하지만 예쁘지 않아서다. 성공, 돈, 부자, 재테크, 부동산 같은 삭막한 단어들이 큼직한 고딕체(그것도 늘 까맣거나 빨갛거나 골드 색상)로 지면을 거의 차지하는 획일적인 디자인이 영 맘에 안 든다. 그래서 그런 코너 쪽은 발길도, 눈길도 잘 안 간다. 이런 책들도 좀 예쁘게 만들어주면 나 같은 호갱님이 기꺼이 사줄 수 있는데 소위 경제·경영 분야라는 책들이 이렇게 전략적이지 못해서야. 자기계발, 경제·경영 서적은 굳이 안 예뻐도 된단다. 돈, 성공, 부자라는 단어 자체가 충분히 매력적이라나?

요즘은 학습지마저도 예쁜 세상이다. 아이의 문제집을 사러 서점에 갔다가 우리 때와는 비교도 안 될 정도로 세련되게 디자인된 학습지들을 보면 다시 공부가 하고 싶어질 정도다. 내가 학교 다닐 때도 이런 문제집들이 있었으면 더 열심히 공부했을 텐데(라고 어차피 돌아갈 수 없으니 생각만 했다).

그러고 보니 내가 책을 읽는 이유와 사는 이유는 사뭇 다른 것 같다. 책을 사댄다는 표현이 더 정확할 정도로 책을 많이 사는 데는 심리적·정신적 요인도 분명 있겠지만 심미적인 이유를 빼놓을 수 없다. 누군가는 고양이가 사랑스럽고, 누군가는 가방이 소중하듯이 나는 책들이 예쁘고 사랑스럽다. 한때는 읽지도 못할 책을 사거나 이미 샀는데 모르고 또 사는 것에 대해서 죄책감을 느낀 적도 있었다. 사실 지금도 완전히 자유롭지는 못하지만 얼마 전부터 좋아하는 것을 좋아한다고 솔직하게 말하고, 마음껏 좋아해보는 연습을 하는 중이라 웬만하면 괜찮아지려고 한다. 예뻐서 사는 게 나쁜 건 아니니까(다만 가계 탕진주의!).

책방지기를 꿈꾸다

—

책을 좋아한다. 책 읽으며 커피를 마시는 걸 좋아한다. 커피를 마시며 책을 좋아하는 사람들과 책에 대해 얘기하는 걸 좋아한다. 이것을 네 자로 줄이면? 그렇다. 독.서.모.임. 그럼에도 불구하고 나에게 공식적인 독서 모임의 경험은 별로 없다. 모르는 사람들 틈에 끼는 걸 힘들어하는 성격 때문이기도 하고 몇 년간은 육아로 인해 여유도 없었을 뿐 아니라 아이가 좀 컸다 싶을 땐 코로나 팬데믹으로 비대면의 세상이 되었기 때문이다.

학교 다닐 땐 책을 좋아하는 친구들이 있어서 책에 대한 수다가 자연스러웠고, 일할 땐 직장 1층에 사내 서점이 있어서 매일 출근 도장을 찍었다. 다섯 평이 채 안 되는 공간이었지만 내겐 쉼터 같은 곳이었다. 아이를 가졌을 땐 엄마들끼리 임신·출산에 관한 책 얘기가 간혹 나오기도 했지만 책 이야기라기보다 정보를 공유하는 것에 가까웠고, 아이를 키우면서는 주로 아이들 그림책과 발달 단계별 전집에 대한 이야기가 전부였다(전집은 절대 사지 않겠노라 굳게 마음먹었건만 소위 '책육아'라는 말에

189

흔들려 거액의 전집을 집에 들여놓고 말았다. 그런데 책육아는 개뿔!
책 몇 권 읽어준다고 해서 책육아가 아니며, 엄마인 나부터가 그림책
은 별로 좋아하지 않는다는 교훈만 얻었다. 책을 더 읽어달라는 아이
와 그만 읽자는 엄마라니. 아이와 그림책에 대해 이야기하는 꿈일랑
일찍이 접어야 했다).

그림책에 대한 마음을 접은 대신 내가 읽고 싶은 책을 사기
로 했다. 그런데 새로 이사 온 동네엔 대형서점이 없었다(시골도
아니고 신도시에 어떻게 이럴 수가 있는가?). 집 근처 쇼핑몰 안에
달랑 하나 있는 작은 서점에는 아이들 학습교재가 대부분이었
다. 책 쇼핑은 온라인 서점으로 만족하고 있을 때 귀인(?)을 만
났다. 아이 반 모임에서 책을 좋아하는, 아니 좋아하다 못해 책
을 쓰고 있는 엄마를 만난 것이다. 보통 엄마들 모임에선 사교
육과 부동산 얘기가 전부인데 책 쓰는 엄마를 만나서 너무 반가
웠다. 아이들끼리 친하게 지내면서 우리의 만남도 잦아졌고 육
아 얘기하다가도 책, 남편 얘기하다가도 책, 기승전'책'의 대화
가 이어졌다. 이런 대화를 얼마 만에 나눠보는 건지. 그동안 뭐
에 목말랐는지 알 것 같았다. 내가 좋아하는 것을 누군가와 공
유하는 것. 그것이 바로 행복의 조건 아닐지. 책수다는 나의 행
복지수를 높여줬다. 행복지수가 높아지니 내가 하고 싶었던 꿈
도, 시들었던 열정도 슬며시 고개를 들었다. 책이 있는 카페? 커

피가 있는 책방? 언젠가는 꼭 해보고 싶었던 일이 내 안에서 꿈틀대기 시작했다. 마침 동네에도 작은 책방들이 하나둘 생겼고, 인스타그램을 통해 알게 된 인근 지역의 책방들도 틈날 때마다 찾아다녔다. 책방지기만의 개성이 묻어나는 책방들이 너무 좋았다. 여행지에 가서도 그 동네 책방부터 찾는다(책을 별로 안 좋아하는 가족과 타협이 필요한 상황). 책방에서의 독서 모임, 책방 탐방을 통해 나의 꿈도 조금씩 구체적으로 바뀌어갔다. 얼마 전엔 지역단체에서 지원하는 서점학교를 수료했으며 지금 글을 쓰고 있는 곳도 동네에 있는 작은 책방이다. 머지않아 나의 책방에서 글을 쓸 수 있는 날도 오겠지? 그게 언제일지는 모르겠지만 물도 주고 분갈이도 해주면서 내 꿈을 조금씩 가꿔야겠다.

전보라

[≠]

"같지 않아도 정답이 될 수 있는 세상을 꿈꿔요"

내 공간을 망치러 온 나의 구원자

—

나의 공간의 역사는 시골의 작은 한옥에서부터 시작한다. 검은 기와를 얹은 이 한옥 집에는 방이 세 개 있었다. 화장실 옆에 있는 방은 할머니 방, 가장 넓은 방은 아빠 방, 가장 작은 방이 언니와 나의 방이었다. 연세가 많으신 할머니가 부엌과 화장실이 가까운 방을 쓰는 건 그렇다 치고, 왜 언니와 내가 가장 좁은 방을 써야 했을까. 그것도 책상 두 개를 억지로 집어넣으면서. 아빠가 이 집안의 가장이니까? 음, 글쎄. 이 글을 쓰는 지금에서야 처음 해본 고민이라 정확한 답을 잘 모르겠다. 하지만 그때는 내 집이 아니라 아빠 집이라고 생각해서 토를 달지 못했다. 지금 와서 생각해보니 아빠에게 "언니와 내가 큰 방을 쓰면 안 돼?"라고 했다면 아빠는 흔쾌히 그러라고 하셨을 것이다 (실제로 아빠가 쓰던 가장 큰 방은 웃풍이 세서 겨울엔 아무도 들어가려고 하지 않아 늘 비어 있는 공간이었다).

어찌 됐든 가장 작은 방을 언니와 나눠 쓰다 보니 언니와 나는 방이 아니라 '책상'을 자신의 공간으로 여기며 "남의 책상에

194

있는 물건은 건드리지 않는다. 특히 서랍은 절. 대. 열어보지 않는다"라는 규칙을 암암리에 지키고 있었다. 나는 특히 두 번째 서랍에 가장 숨기고 싶은 것을 넣어두곤 했는데, 뭔가 어정쩡한 위치가 더욱 비밀스러워 보였기 때문이다. 문득 궁금해진다. 언니는 내 두 번째 서랍을 열어본 적이 있을까? 사실 나는 종종 언니 서랍을 열어 언니의 일기장을 몰래 훔쳐보곤 했었는데(언니, 정말 미안해!).

나만의 공간이 처음 생긴 건 언니가 타지로 대학을 가면서였다. 지금도 또렷하게 기억나는 그날의 설렘. 아빠와 아파트로 이사를 간 뒤 아빠는 현관 옆 작은 방을 나보고 쓰라고 했다. 워낙 작은 방이라 책상 하나와 싱글침대 하나면 방이 꽉 찼지만 그래도 좋았다. 나의 두 번째 서랍에 비하면 광활했으므로.

내 방이 생긴 뒤로 나는 바빠졌다. 벽지가 마음에 들지 않아 한지를 사서 물풀로 벽에 붙이고(벽지 사는 법을 몰랐다), 그때 한창 좋아하던 케이트 모스, 젬마 워드, 제시카 스탐, 릴리 콜 같은 패션 잡지 속 모델들의 화보로 온 벽을 채웠다. 특히 젬마 워드의 화보가 압도적으로 많았다. 어우, 지금 떠올려도 그렇게 촌스러울 수가 없는데 그땐 뭐가 그리 좋았는지. 아! 또 하나 잊을 수 없는 물건이 바로 '트롬 곰'이다. 당시 트롬 세탁기

광고에 나오던 커다란 곰인형인데 해수욕장에 있는 풍선 터트리기에서 1등을 하면 그 곰인형을 탈 수 있었다. 내가 아르바이트를 하던 해장국집 앞에 마침 풍선 터트리기 트럭이 있었는데 해수욕장을 폐장할 때까지 아무도 그 인형을 타가지 못했다. 내가 그 인형을 갖고 싶어 하는 눈치를 보이자 아저씨는 5만 원을 주면 그 인형을 팔 수도 있다고 말했다. 곰인형이 5만 원? 조금 비싼걸. 그래서 나는 아빠에게 미리 생일 선물로 곰인형을 받기로 했다(내 생일은 12월인데 그때는 8월 말이었다).

이렇게 나의 첫 번째 방이 완성되었다. 울퉁불퉁 남색 한지와 화려한 화보들로 꾸며진 욕망의 방. 그리고 어울리지 않게 150센티미터의 거대한 흰 곰인형이 침대의 반을 차지한 욕심의 방. 그 후로 춘천으로 대학교를 가게 되면서 스무 살부터 자취를 시작했으니 내 방의 역사는 10년을 훌쩍 넘기고 결혼과 동시에 막을 내렸다. 결혼 후 집 인테리어 주도권은 나에게 있었고 다행히 취향이 맞아서 남편도 집을 좋아해주었다. 내 공간을 망치러 온 나의 구원자는 바로 아이였다. 아이가 태어나면서 나의 욕망과 욕구들은 아이의 필요로 금세 치환되었다. 거실이 키즈카페로 변하는 것은 한순간이었고 아이의 물건들은 나의 취향과는 다르게 총천연색이었다. 아이의 색 인지에 필요하다고 하니 들이지 않을 수도 없었다.

아이는 크면서 서랍이란 서랍은 죄다 열어봐야 직성이 풀렸고 책상 두 번째 서랍만큼의 비밀 공간도 허락되지 않았다. 아이의 손이 닿지 않는 천장에 가까운 냉장고 위 서랍이 존재했으나 그곳은 나 역시 의자가 없으면 손이 닿지 않아서 나에게도 미지의 공간이었다.

아이가 더 자라서 내가 어릴 때 그랬듯이 자신의 공간을 욕망하는 시기가 오면 그때 나도 나만의 공간을 되찾을 수 있을지 모른다. 언니가 대학에 가던 그날처럼 '재독립의 날'을 손꼽아 기다리며 오늘도 소파 밑에 굴러다니는 작은 장난감들을 줍는다.

스틸 플라워

—

회사에 다닐 때 심리 상담을 받아본 적이 있다. 거창한 것은 아니고 가벼운 정신건강 검진 같은 것이었는데 500개가 조금 넘는 문항에 답을 하고 한 시간 남짓 과거의 일이나 현재의 일들을 이야기하며 상담한 결과를 종합해 진단해주었다. 당시 크게 힘든 일도 없었고, 조금 귀찮았던 터라 재빠르게 문항에 답을 달고 상담 시간도 30분을 채우지 않고 끝냈던 것 같다.

일주일 후 다시 만나는 날. 결과는 뜻밖이었다.

"보라 씨는 참 멘털이 강해요. 버텨온 시간들이 그리 녹록하지 않았을 텐데 멘털이 너무 강하다 보니 어떻게든 버틴 거예요."

심리 상담 결과지에서는 '멘털이 강하다'는 것이 칭찬만은 아닌 듯했다. 나는 그 말을 듣고도, "아, 그래요? 근데 진짜 그렇게 힘들지 않았는데. 더 힘든 일을 겪는 사람도 많잖아요" 하고 조금 시큰둥하게 대답했다. 뻔한 결과 같기도 했고, '정신'을 점수로 따지는 건 조금 우습지만 왠지 78점 정도 되는 시험지 같아서. '아무 문제가 없다'도 아니고, '큰 문제가 있다'도 아니라 쉽지 않은 삶을 살아왔다는 말이 잘 이해가 되지 않았다. 내가 고개를 갸우뚱하자 상담사가 이렇게 덧붙였다.

"불행은 상대적인 건데 보라 씨는 절대적이라고 생각하는 것 같아요. 그냥 좀 힘들어해도 됐을 텐데 정신력으로 다 이겨낸 거예요. 대단하다고 해야 할지 조금 안쓰럽다고 해야 할지. 근데 뭐랄까, 조금 대견하네요."

그 말을 듣는 동안 머릿속 생각과 달리 마음이 크게 일렁거렸다. 상담사의 마지막 말이 끝나기도 전에 왈칵 눈물이 터져버렸는데, 그건 '대단하다'도, '안쓰럽다'도 아닌 '대견하다'라는 말 때문이었다.

"울어도 돼요. 진짜 대견해서 그래요. 꽤 모진 풍파에도 크게 생채기 나지 않고 꿋꿋하게 잘 살았네요. 지금처럼 살면 돼요. 잘하고 있어요."

이렇듯 삶이 빚어낸 크고 작은 문제들 앞에서 영화 〈스틸 플라워〉의 하담처럼 맞서던 나도 품속의 아이 앞에서는 쉬이 무너져 내렸다. 알아듣지도 못하는(실제론 알아들을지도 모르는) 아이에게 제발 좀 자라고 하소연을 하고 눕혔다가 안았다가 걸었다가 짐볼도 탔다가 내가 할 수 있는 모든 것을 다 하고 포기하고 싶을 때쯤 아이의 팔에 힘이 쭉 빠지며 잠이 든다. 꼭 나를 시험하는 것처럼 그 타이밍이 기가 막히다. 나의 노력들 덕분에 아이가 잠든 것일 수도 있지만, 내가 어떤 노력을 하건 상관없이 아이는 스스로 잠들 수 있을 때가 되어야 잠드는 것 아닌가 싶기도 하다.

그날도 두 시간 내내 잠고문을 당하던 중 아이에게 소리를 칠 수는 없으니 자꾸만 한숨이 나왔다. 마치 날숨을 한숨으로만 쉬고 있는 것 같은 느낌이랄까. 그러다 문득 이 한숨이 아이에게 어떻게 들릴까를 생각했다. 내가 아이라고 생각해보니 잠들고 싶어도 잠들지 못하는 밤에 누군가 나 때문에 한숨을 지으면 얼마나 속이 상할까 싶어 갑자기 미안한 마음이 들었다. 일부러 그러는 것도 아닌데(아니어야만 한다…). 성인이라면 적반하장, 역지사지가 통하는데 아이에겐 더 관대해야 하지 않겠나.

그렇다고 내가 할 수 있는 방법이 많지는 않았다. 골몰히 생각에 잠겼다가 한숨이 나올 때마다 아이의 이마에 입을 맞추기로 했다. 그 행위가 조금 우스워 웃음이 났고 내내 울던 아이도 조금씩 잠잠해졌다. 그리고 다음 날 밤에도 여전히 한숨을 지었다가 입을 맞추었다가를 반복했고 1년이 지난 지금도 (슬프게도) 여전하지만 그때만큼 울고 싶거나 소리치고 싶진 않다. 결국 아이는 잠들 것을 아니까. 그게 10분 후일지 두 시간 후일지 알 수 없을 뿐. (젠장!)

　아이를 키우는 일은 매 순간 한계를 시험하는 일이다. 그런데 더 큰 문제는 그 한계에 끝이 없다는 것이다. 우리가 마라톤을 뛸 수 있는 이유도 49.195킬로미터라는 한계가 정해져 있기 때문이다. 끝을 알기에 속도와 힘을 조절할 수 있고 마지막에 스퍼트를 낼 힘을 남겨둘 수 있다. 끝이 있다는 건 그런 거다. 하지만 육아는 다르다. 매 순간 인내심의 한계, 체력의 한계, 불안의 한계를 넘어서야 하지만 어디에도 '자, 여기까지만 오면 끝이야' 하고 정해진 결승선이 없다. 아이가 아무리 울어도 한 시간만 운다는 보장이 없고, 아이의 입에 숟가락을 가져다 댈 때 이번엔 먹어줄지, 아니면 또다시 숟가락을 저만치 집어던질지 알 수 없다. 그러니 또다시 아이를 달래고, 또다시 아이 입에 숟가락을 가져다 댈 수밖에.

　그뿐이랴? 확률과 통계도 통하지 않는 게 육아의 세계다. 옆집 아이는 아무리 울어도 10분 컷인 울음 끝이 짧은 아이일지라도 내 아이는 네 시간을 내리 우는 아이일 수도 있다는 얘기다. 여자아이는 다르다던데요? 여름에 태어난 아이는 이렇대요. 11월생이라 그런가 봐요. 이런 말은 잠시 위로가 되어줄지 몰라도 아이의 어떠함에 어떤 근거도 되어주지는 못한다. 그래서 매일이 예측 불가이고, 가늠이 안 되고, 그러니 더 쉽게 한계에 접어든다.

그럼에도 불구하고 육아는 '잘' 해내야 하는 일이 아니라 어떻게든 '꼭' 해내야 하는 일이다. 밤새 울지 않는 아이를 재우는 일을 10분 컷으로 잘 해내면 좋겠지만 그렇지 못한다고 해도 잘못하고 있는 것이 절대 아니다. 육아에는 끝도 없고 한계도 없지만 '잘 해내야 한다는 강박'도 필요 없다. 그리고 이 사실만이 우리에게 유일한 안식이 되어준다.

내가 잠투정을 하는 아이에게 한숨 대신 입맞춤을 하기로 선택했을 때, 견디기 힘들었던 육아의 한계는 사라졌다. 잠투정이 긴 날은 내일 늦잠 자는 걸로 타협하고, 잠투정이 짧은 날은 '럭키!'를 외치며 남편과 영화 한 편 때리는 날로 정했다. 그 사이에 자책이나 아이를 향한 원망은 어디에도 없다. 물론 한계를 안다면 조금 더 잘 해낼 수 있었겠지만 나는 오늘도 육아를 기어코 해내는, 대견한 엄마다.

내가 가장 늦게 배운 단어

—

고양이 호두를 만나고 내 삶이 달라진 것은 혼자 살던 집에 고양이와 함께 산다는 것 그 이상이다.

남들이 흔히 말하는, 텅 빈 집에 들어올 때 느껴지는 나지막한 온기, 나 없이는 밥도 잘 못 챙겨 먹는 존재가 있다는 사실에서 오는 자아 충족감, 그리고 하나하나 열거하면 조금 변태스럽게 느껴질 만큼 사랑스러운 고양이의 자태를 마음껏 볼 수 있다는 그 충만한 기쁨도 어렴풋하게 예상은 했었다. 하지만 내가 호두라고 이름 붙인 이 생명체는 그 이상의 또 다른 세계를 나에게 들고 들어왔다, 내 허락도 없이.

고양이가 한 살쯤 되면 사람 나이로 치면 열다섯 살이라고 한다. 그러니까 나는 고양이 나이로 고작 한 살도 되기 전에 엄마를 잃은 셈이다. 호두가 내 삶에 예기치 않게 찾아왔듯이, 엄마가 내 삶에서 저벅저벅 걸어 나간 것도 예상 밖의 일이었다. 매일 고성이 오가거나, 우리를 못살게 군 적도 없이 어느 푸르스름한 새벽에 엄마는 간소한 짐을 들고 집을 떠났다. 엄마가 떠난 새벽 논 사이로 난 둑방 길을 따라 엄마를 쫓아가다가 어린 나는 문득 깨달았다. 내 짧은 다리로는 아무리 쫓아가도 엄마를 잡을 수 없다는 사실을. 나는 그 자리에서 울지 않고 그대로 돌아섰다. 이유는 간단하다. 엄마가 다시 돌아올 줄 알았기 때문이다. 하지만 엄마는 돌아오지 않았다. 그 뒤로 수시로 걸려오는 솔로몬 뭐시기 아저씨들의 험악한 목소리로만 엄마의 이름을 들을 수 있었다.

엄마 없이도 우리 집은 여전히 화목했다. 밥은 할머니가 차려주셨고, 아빠는 여전히 열심히 일하며 우리가 갖고 싶어 하는 것들을 부족함 없이 사주셨다. 더 정확히 말하자면 그것만이 '엄마 없는 애들'인 우리가 어디 가서 꿀리지 않는 방법이라고 생각하셨던 것 같다. 왜냐면 엄마가 사라진 뒤로 부쩍 "뭐 갖고 싶은 건 없니?"라고 물었으니까. 그렇게 엄마의 빈자리는 최신식 아이리버 mp3가, 기능이 다섯 가지나 추가된 샤프 전자사전이, 깡시골 삼척에 나 하나뿐인 한정판 나이키 운동화로 채워졌다.

그 뒤로 몇 년 동안 우리 집에서는 엄마라는 존재와 함께 그 단어도 사라졌다. 모든 가족 구성원들이 약속이나 한 듯이 엄마라는 이름을 실수로라도 입 밖으로 내지 않았다. 태어나 가장 먼저 배우고 수백만 번은 족히 불렀을 그 단어를 마치 잊어버렸다는 듯이 말이다. 그렇게 고등학생이 되고, 대학생이 되고, 사회인이 되었다. 15년 정도 흐르고 나니 내 입에서 '엄마'라는 말은 외국어처럼 낯선 단어가 되었다.

그러다 울산 KTX 기차역에서 호두를 처음 만난 날. 내 입에서 나온 말은 뜻밖에도 "안녕 호두야, 엄마야"였다. 이 사실을 인식한 것도 그 순간이 아니라 일주일 정도가 지난 후였다.

"호두야, 엄마한테 와야지?"

"엄마 물건 물어뜯으면 안 돼."

"문 긁지 마, 엄마 금방 나갈게."

나는 호두를 만나고 하루에도 족히 백 번은 엄마라는 단어를 입에 올리고 있었다. 이 사실을 깨닫는 순간 가슴이 덜컹 할 정도로 깜짝 놀랐다. 마음의 빗장이라는 것이 이렇게 쉬이 열릴 수 있다니. 내가 십수 년째 금기어처럼 쓸 때마다 마음이 울컥했던 엄마라는 단어가 이렇게도 자연스럽고 따뜻한 단어였다니. 나는 엄마라는 단어를 서른이 되어서야 다시 배웠다.

이 사실을 깨달은 날 나는 호두를 꼭 껴안아주었다(물론 호두는 싫어했지만).

그리고 말했다.

"넌 모르겠지만 정말 고마워. 나도 어쩌면 진짜 엄마가 될 수 있을 것 같아."

모든 소중한 것들은 당연해진다

—

우리 삶에는 당연하다고 여겨지는 것들이 몇 가지 있다. 그 당연한 것들은 대부분 생존과 직결되어 있을 만큼 중요하지만 삶에 만연하게 존재하기 때문에 그 소중함을 느끼기가 어렵다. 물이 그렇고, 공기가 그렇고, 때론 모성이 그렇다.

어릴 때 친구들과 이불 안에 가둬놓는 이불 놀이를 종종 했는데 나는 유난히 그 놀이를 싫어했다. 이불 속에 갇히는 순간 어둠과 희박한 공기가 곧 '죽음'을 떠올리게 할 만큼 두려웠다. 그래서 누구보다 그 놀이를 잘했다. 친구들에겐 놀이였지만 나에게는 생존인지라 5초도 안 돼서 죽을힘을 다해 이불 속에서 빠져나왔다. 지금도 그때를 생각하면 숨이 조금 가빠진다. 그래서 나는 공기의 소중함을 안다. 만연하게 존재하지만 나에게 '숨'은 언제든 잃어버릴 수 있는 당연하지 않은 것이었다. 나에겐 모성도 그런 단어 중 하나다.

유치원 졸업식 외에는 졸업식에 엄마가 온 적이 없다. 여러 가지로 엄마가 사라진 시점을 설명할 수 있지만 이 명제가 나에게 가장 와 닿는 명제다. 친구들 앞에서 한 가족이 모이는 날. 엄마가 없다는 사실을 모두에게 들켜버리는 날이 바로 졸업식이기 때문이었다. 그렇다고 해서 졸업식이 걱정되거나 부끄러운 날은 아니었다. 외동인 친구에게는 언니가 없고, 할머니가 돌아가신 친구한테는 할머니가 없듯이 나에게도 엄마가 없을 뿐이라고. 태어나지 않은 동생과 돌아가신 할머니처럼 도망가 버린 엄마도 내가 어찌할 수 없는 운명과 인연이라는 큰 테두리 안에서 생겨난 일일 뿐이라고 생각하니 별일도 아니었다. 옆집 찬장의 그릇 개수까지도 알고 있는 작은 시골 동네에서는 이혼이 시장을 떠들썩하게 만드는 단어였지만 적어도 나에겐 치부가 되지 못했다.

엄마가 나에게 베푼 모성은 내가 열한 살이 될 때까지는 유효했으나 그 후로는 자취를 감추었다. 다행인 것은 열한 살이라는 나이가 모성과 생존이 더 이상 직결되지 않는 나이라는 것이고, 또 하나 불행한 것은 열한 살 이전에 받은 그 모성을 내가 기억하지 못한다는 것이다. 엄마의 부재와 나의 흐릿한 기억력 때문에 나에게 모성이라는 단어는 따뜻함 대신 생경함이 되었고 종종 모성을 물려받지 못했다고 생각했다. 내가 기억하는 나의 역사 속에서 엄마의 흔적을 찾기란 여간 쉽지 않은 일이었기에 엄마의 사랑이라는 게 어떤 것인지 그 형체가 모호했다. 그래서 필연적으로 결혼을 하고 아기를 낳으면 엄마가 되어야 하는 여성인 나는 문득 두려웠다.

'아이를 낳았는데 나에게 모성이 없으면 어떻게 하지?'

이 질문에 대한 답은 아기를 낳기 전까지 여전히 숙제로 남아 있었다. 나의 모성을 위한 여정에는 튼튼한 벵갈고무나무와 물을 주지 않아도 한 달은 거뜬한 선인장이 거쳐 갔고, 공장 폐기물 더미에서 구조된 유기묘 호두와 어미에게서 버려진 유기묘 완두를 키우는 일로 이어졌다. 고양이 두 마리에게 '엄마'라고 불리며(고양이들은 나를 부르지 않고 내가 스스로를 엄마라 칭하는 것이지만) 모성의 흔적을 찾아가는 듯했지만 이마저도 세상이 말하는 모성은 아닌 듯했다. 반려伴侶동물, 사람이 정서적으로 의지하고자 가까이 두고 기르는 동물에 대한 애정 그 이상 그 이하도 아니었다.

임신과 출산을 거친다고 해서 자연스럽게 엄청난 모성이 생기는 것은 아닌 듯했다. 6주가 된 손톱만 한 아이의 심장 소리에 눈물이 왈칵 났지만 생명에 대한 경이로움이었지 자식에 대한 사랑은 아니었다. 아이가 태어난 후에도 병원에 있는 다른 신생아와 나의 아이를 단번에 구별해낼 수 있을까 하는 의구심이 든 적도 있었다. 산후조리원에서 나와 혼자 아이를 볼 때도 나는 '아이를 양육한다'라는 문장을 '실물 다마고치를 키운다', '게임 캐릭터를 레벨업한다', '고양이를 키운다'와 자주 치환했다. 그도 그럴 것이 아이를 키워본 경험은 처음이었고 그 기분은 앞서 열거한 것들과 퍽 비슷했기 때문이다. 그렇게 생각하니 육아가 조금 쉽게 느껴지기도 했다.

내가 진짜 모성을 느낀 순간들은 아이가 나를 남들과 다르게 대하기 시작했을 때, 흔히 말하는 '낯'을 가리기 시작할 때였다. 이 아이에게 나만이 '생존'임을 자각했을 때, 나의 모성이 물처럼, 공기처럼 이 아이를 먹여 살리는 것임을 깨달았을 때 비로소 나의 모성이 발휘되기 시작했다. 더 정확히 말하자면 나에게 모성이 없었다면 절대 견디지 못했을 육체적 피로와 정신적 탈진이 바로 '육아'였다. 모성은 달콤한 설탕 같은 사랑이 아니라 엄마이기 전에 인간으로서 가진 모든 욕구를 아이의 생존을 위해 억제하는 데 필요한 인슐린 같은 것이었다.

모성이라는 것은 막 태어난 갓난아이에게는 물이나 공기처럼 생존과 직결된 것이지만 시간이 지나 더 이상 모성이 생존에 직결되지 않는 나이가 되면 물처럼, 공기처럼 소중함을 느끼기 어려운 당연한 것이 된다. 내 아이도 언젠가 나의 챙김을 귀찮아하고 나와의 대화를 잔소리처럼 느끼는 날이 올까? 그렇다 해도 나는 이 아이 옆에서 늘 같은 걱정을 반복하는 엄마로 쭉 남아 있어줄 작정이다. 물처럼, 공기처럼 그렇게.

내가 나로서 기능하는 것

—

"여보, 나 잠깐만 컴퓨터 좀 하고 올게."

"여보, 30분만 아이 좀 봐줘."

"여보, 여보, 여보~!"

아내에게서 듣는 가장 두려운 말 1위가 '여보'라더니. 나의 남편도 그 짤을 보고 하트 버튼을 눌렀을까 겁이 나는 아침이다. 나의 하루는 육아로도 바쁘지만 몇 가지 다른 일도 얽혀 있어 더욱 분주하다. 나는 직장에 다니는 워킹맘들처럼 출근하지 않지만 집에서 1분 거리의 서점과 집에서 재택근무로 약간의 일을 겸하고 있고, 전업주부들처럼 남편이 주는 월급으로만 생활하지 않고 수입을 어느 정도 벌어들이고 있는 상태다. 이 애매한 상황이 워킹맘도, 전업주부도 아닌 그 사이를 고민하게 만든 것이리라.

코로나 때문에, 혹은 회사에서 주는 업무의 특성 때문에 재택근무를 하고 있는 것이 아니라 육아를 대신해줄 사람이 없어서 부업처럼, 때론 취미처럼 집에서 일을 하지만 그 일에 대한 책임감이 워킹맘보다 덜한 것은 결코 아니다. 오히려 눈앞에서 일을 하지 않으니 결과물로 보여주어야 한다는 부담이 있다. 거기에 '육아를 병행한다'라는 핸디캡 때문에 결과물은 내가 노력한 것보다 평가절하되기 십상이고 기한을 맞추지 못하면 "아기 키우느라 좀 어렵죠? 아무래도 엄마들은 그렇더라고요" 하는 성급한 일반화에 멋쩍은 이모티콘을 보내며 동조하는 척해야 한다 (이러쿵저러쿵 변명을 달아봤자 "아기 키우느라 그렇죠"라고 치부해버리니 그냥 말을 안 하고 만다). 하는 일들은 대부분 3.3퍼센트 원천징수하는 단기성 아르바이트이다 보니 함께 일하는 동료도 없거니와 늘 고용불안에 시달려야 하고 해고 통보는 예고 없이, 예의 없이 날아온다. 그래도 반격할 말도 법적 근거도 없어서 그냥 그러려니 하는 것이 집에서 일하는 엄마들의 고충이다.

게다가 일하는 공간이 집이다 보니 집안일과 분리되지 못한 채 설거지를 하다 말고 전화를 받고, 집을 치우다 말고 급한 일을 처리하는 날들이 부지기수다. 아이가 어린이집에 가지 않거나 낮잠도 패스하는 경우라면 사실상 집에서 가사노동이 아닌 다른 일을 한다는 건 거의 불가능에 가깝다. 이뿐이랴? 엄마들에게도 하루는 24시간인데 아이는 깨어 있는 시간 내내 엄마를 찾는다. 가끔은 혼자 놀아도 되는데 꼭 옆에서 봐달라고 하는 이유는 뭘까? 그럴 땐 정말 어쩔 수 없이 텔레비전을 틀어주고 빛의 속도로 일을 마치지만 입을 벌리고 텔레비전에 빠져 있는 아이를 보면 내가 정말 잘하는 게 맞나 싶은 자괴감까지 들 정도다. 그냥 다 때려치우고 아이에게 온 시간을 투자하는 것이 맞나 싶다가도 제대로 된 월급도, 인정도 받지 못하는 '약간의 일'을 위해 나는 오늘도 아이를 재우고 몰래 나와 컴퓨터 앞에 앉았다.

"자아실현도, 생계유지도 아닌 이 애매모호한 분량과 가치의 일을 놓지 못하는 이유는 뭘까?"

이것에 대한 의미가 조금씩 선명해진 것은 서점에서 글쓰기와 독서 모임을 갖게 되면서부터다. 어느 날은 몇 개월째 모임을 함께하는 팀원들 중 아이를 키우는 엄마들에게 "이 모임이 당신들에게 어떤 의미가 있나요?"라고 물었다. 그 질문의 속뜻은 '나는 이걸로 용돈이라도 버는데 당신들은 돈을 써가면서까지 이 모임에 참석하는 이유가 대체 뭔가요?'였다. 그들은 각자의 이유를 말해주었는데 그 말을 듣고 이 모임을 겨우 용돈벌이로 생각했던 내가 얼마나 초라했는지 모른다.

그들이 말한 이유는 대략 이러했다.

"매일 집에 아이랑 있는데 이렇게 나와서 아이랑 떨어져 있는 것만으로도 숨통이 트여요."

"전업주부로 지낸 지 10년이 넘었는데 이제 와서 내가 뭘 할 수 있을까 고민하다가 신청한 건데, 그냥 그대로 살았으면 정말 큰일 날 뻔했지요."

"독서 모임 나올 땐 아이한테 '엄마 토요일 아침에 독서 모임 나가'라고 말하는 것만으로도 뭔가 대단한 걸 하는 기분이에요."

"그냥 좋아요. 뭔가를 하고 있는 거 자체가 좋잖아요."

뒤통수가 아니라 온몸을 맞은 기분이었다. 엄마들이 육아와 집안일이 아닌 '다른 일'을 하는 것만으로도 숨통이 트이고, 그냥저냥 흘러갈 뻔한 인생을 붙잡게 된 것이고, 아이에게도 당당하고 스스로에게도 뿌듯함을 느낄 수 있는 일이자 그냥 좋은 일이었던 것이다. 그들의 대답을 듣고 나의 일상을 되돌아보니 나 역시도 모임을 위해 한두 시간 밖에 나갈 때 잠시 숨통이 트였고, 육아 전선에 뛰어들었음에도 예전에 하던 일에서 완전히 손을 놓지 않고 손가락 하나라도 걸쳐놓은 듯해 내심 뿌듯해하고 있었으며, 아이를 재워놓고 브런치에 글을 끄적이는 시간 그 자체를 좋아했다. 설령 금전적 보상이 없었어도 나는 이 일들을 계속 하고 있었을 것이다. 주부가 집안일이 아닌 다른 일에 눈을 돌리는 것이 금전적 보상 때문만은 아니라는 반증이겠지.

무슨 일이든 그 보상이 적든 크든 그 순간만큼은 엄마로서가 아닌 나의 능력을 발휘함으로써 온전히 '나로서 기능하는 것'. 나의 기능을 회복하고 가져가는 것은 주부들이 지켜내야 할 아주 중요한 몫이다. 하루 여덟 시간 사무실 책상에 앉아 있지 않더라도, 키보드를 능숙하게 두드리고 전문용어를 섞어가며 유창하게 말하지 않더라도 어떤 일을 스스로 해내는 것만으로도 우리는 성취감이라는 달달한 열매를 맛볼 수 있다. 그러니 엄마로서가 아니라 나로서 어떤 일을 해내는 경험을 차곡차곡 쌓아보자.

"행복은 성취의 기쁨과 창조적 노력이 주는 쾌감 속에 있다"라고 프랭클린 D. 루스벨트는 말했다.

집안일에 치여 성취의 기쁨과 창조적 노력을 잃지 말자. 큰돈을 버는 것만이 성취는 아니며, 예술가가 되는 것만이 창조는 아니다. 미뤄왔던 책 한 장을 넘기는 것도 성취이고 오늘 하루를 짧은 글로 정리하는 것도 창조다. 그 성취의 기쁨과 창조적 노력이 켜켜이 쌓이는 것이 분명 행복의 모양일 것이다.

부추도 꽃이 핀다

—

서점을 폐업하고 한동안은 책도, 글도 손에 잡히지 않았다. 책장에 꽂혀 있는 책등만 봐도 아쉬워서. 글을 쓰려고 앉으면 자꾸 팔리지 않은 책들의 제목이 떠올라서.

대신 손에 잡히는 건 물성이 없는 0과 1로만 찍히는 디지털 세상뿐이었다. 이미지가 글을 대체하고, 이미지를 넘기는 수고도 귀찮으면 영상에 그저 눈동자만 굴리면 되는 참으로 편한 세상. 읽는 글은 대부분 스크롤도 채 생기지 않는 짧은 글이었고 그마저도 읽히는 내용 외에는 행간에 내포된 의미도, 고심해 선택된 어떤 단어도 속해 있지 않은 듯했다. 그렇게 시간을 잡아먹는다는 표현이 딱 들어맞는 무형의 시간이 속절없이 쌓여갔다.

그 생활이 익숙해지기 전에 다시 글쓰기 모임을 하게 되어 얼마나 다행이었는지 모른다. 0과 1 사이에 무수히 많은 수가 있는 현실에서 글 뒤의 삶을 볼 수 있다는 건 참으로 큰 행운임이 분명하다. 한 시간 정도 버스를 타고 가야 하지만 그 길이 전혀 수고롭지 않은 것은 그 뒤에 맛보는 활자들의 달콤함 때문이리라.

글쓰기 모임에 가기 위해서 버스 차고지 바로 다음 정거장에서 버스를 타고 버스 종점 바로 직전에 내린다. 그래서 탈 때도 나 혼자 타고, 내릴 때도 나 혼자 내린다. 잘못 내릴 일도 없어 한숨 자도 좋고, 버스의 시간을 온전히 함께 겪는 기분이 들어 그것마저도 좋다.

그날은 모임에 도착하자마자 꽃다발을 받았다. 사시사철 꽃집에서 만날 수 있는 장미도 아니요, 이맘때 많이 보이는 국화나 코스모스도 아닌 부추꽃이었다. 추석 이맘때 시골에 내려가면 억세어진 부추 끝에 꽃대가 올라와 작고 하얀 꽃이 핀다고 했다. 한 가지 꺾어 예쁘게 포장해서 선물로 주신 덕에 내가 보지 못한 가을을 손에 쥐었다. 낭만을 아는 사람들과 함께하는 가을은 수확의 수고가 없어도 얻는 것이 많다.

다시 버스를 타고 무릎 위에 꽃다발을 꽂은 가방을 올려두고 앉아 있다 보니 부추꽃에서 익숙한 향이 났다. 꽃향기는 아니어서 눈을 뜨고 보면 낯설었지만 눈을 감고 맡으니 우리 집 담벼락에 배어 있던 향이다. 어릴 적 살았던 검은 기와집 담벼락에는 할머니가 심어놓은 부추가 둘러져 있었다. 부추는 한번 종자를 뿌리면 그다음 해부터는 뿌리에서 싹이 돋아나 계속 자라는 덕에 겨울을 제외하고는 항상 맛볼 수 있는 요긴한 식재료였다. 슈퍼에 가려면 20분은 걸어 나가야 하는 외따로 떨어진 동네에 살았던 터라 과자보다 푸릇푸릇한 부추전을 더 자주 먹었던 것 같다. 꽃대가 올라오기 전 부드러운 부추만 따먹어서 그런지 수없이 봤음에도 부추꽃이 핀다는 건 까맣게 잊어버렸다. 그렇지, 부추도 꽃이 피지.

마트 가판대에서 보는 배추도, 부추도, 당근도, 오이도 마찬가지다. 이파리로 만났건 열매로 만났건 식물이라면 응당 꽃을 피운다. 화려하진 않아도, 아름다운 형형색색의 빛깔을 띠지 않아도, 모든 생명은 저마다의 꽃을 피웠다가 진다. 누군가 나에게 부드럽고 맛이 좋은 이파리만도 못한 부추꽃과 향도 좋고 색도 예쁜 장미 중에 무엇이 되고 싶으냐고 물으면 나는 부추꽃이 되겠다고 말할 것이다.

나무도 아닌 것이 한번 자리를 내리면 뿌리를 박고 해마다 꿋꿋이 자라나는 부추처럼,

아무도 향기를 맡으러 오지 않고 자태를 보고 감탄해주지 않아도 때가 되면 꽃을 피우는 부추처럼 살고 싶다.

낫워킹맘의
동료와 선배들을 만나다

4

협찬이지만 공짜는 아니거든요

—

글쓰기로 모인 우리의 화두는 아이의 성장이 아닌 '나의 성장'
이었다. 성장이란 과정은 눈에 보이지 않고 결과로 드러나는 것
이라 나름의 생장점이 필요한데 그날의 주제는 '나만의 생장
점'을 무엇으로 체크할 것인가였다.

　"보라 님은 인스타그램 때문에 협찬도 많이 받으시잖아요.
그런 것도 성장에 포함되지 않을까요?"

　"맞아요. 이번에 냉장고도 받으셨잖아요. 진짜 대단해요."

　마침 그 대화가 300만 원이 넘는 김치냉장고를 협찬받은 후
여서였을까. 협찬 금액의 크기도 성장의 척도라는 말은 정말 그
럴듯하게 들렸다. 게다가 스스로를 인플루언서라고 자칭하는
나에게 그것은 더할 나위 없이 명징한 생장점이지 않은가.

　연예인도 아닌 일반인인 내가 협찬을 받기 시작한 건 2012
년 네이버 블로그 활동을 할 때였다. 당시에는 외모를 꾸미는
것에 관심이 많아 블로그 주제가 '뷰티'였는데, 그때만 해도 블
로그를 꾸준히 하는 사람이 흔하지 않았던 터라 어렵지 않게 유

명 코스메틱 브랜드들에서 협찬을 받을 수 있었다. 하루에도 몇 개씩, 평생 바를 일 없을 것 같은 파란색 섀도나 새빨간 립스틱을 리뷰하면 하루에도 수천 명씩 내 블로그를 방문했다. '현실 속의 나'는 맨얼굴을 한 춘천에 사는 대학생인데 '블로그 속 유난'은 멋진 브랜드 행사에 초청되고 화려한 무대에서나 어울릴 법한 진한 화장을 하고 있었다.

그러다 두 달간 유럽 여행을 떠나면서 블로그를 잠시 중단하게 되자 자연스레 방문자가 줄고 협찬도 끊겼다. 유럽에서 돌아온 나는 10킬로그램이 찌고 새카맣게 타서 쓰던 화장품 호수도 맞지 않아 결국 뷰티 블로그를 접을 수밖에 없었다. 그 후로는 해외여행을 갈 때마다 면세점 적립금을 긁어모아 화장품을 한 번에 몰아서 사는 습관이 생겼다. 간만에 내 돈 주고 사는 화장품이 어찌나 아깝던지.

그러다 다시 블로거가 유튜버로, 유튜버가 인스타그래머로, 틱토커로 변모하며 인플루언서가 하나의 직업이 되는 시대가 됐다. 나도 그 시대의 흐름을 따라 전공을 살려 유튜브 편집을 직업으로, 인스타그래머를 부업 삼아 생계를 꾸려갔다. 잘나가는 직장인에서 이제 막 결혼한 새댁이 되고 3개월 만에 임신하면서 나의 SNS 생활의 주제도 자연스레 뷰티나 패션에서 육아와 집으로 옮겨갔다.

지금은 인스타그램 팔로워 1만 명. 블로그 이웃 3500명. 유튜브 구독자 2800명으로 총 2만 명이 채 안 되지만 이 숫자들 덕분에 샴푸도, 칫솔도, 이불도, 가끔은 냉장고도 소파도 사지 않고 얻을 수 있다. 숫자로만 본다면 늘어나는 팔로워 숫자와 커지는 협찬 물품은 나의 생장점이 맞다.

　하지만 태생이 지독한 문과여서일까. 나는 이 숫자들을 사랑하지 않는다. 그리고 이것을 '성장'이 아니라 '생계'라고 부른다. 단지 내게 필요한 것을 돈이라는 지폐 대신에 JPG 파일로 지불하는 것뿐이라고. 스스로 최면을 걸듯 협찬의 횟수와 가격이 나의 가치를 나타내지 않는다고 단언한다. 이렇게 생각하기로 한 이유는 두 가지다. 하나는 어찌되었든 살림에 보탬이 되는 이 행위를 오래도록 지속하기 위해서이고, 다른 하나는 언제까지나 멈추기 위해서다. SNS가 목적이 되지 않도록, 정사각형 세상에 내 인생을 박제하는 것이 삶의 전부가 되지 않도록 말이다.

　누군가는 배부른 고민이라고 치부해버릴 수 있는 이 이야기에 고개를 끄덕여줄 사람이 필요했는데, 그때 떠오른 사람이 단비 님이었다. 우리는 '오늘의집'이라는 앱에서 모집한 '오하우스'라는 커뮤니티를 통해 알게 되었고, 줌으로 세 번 정도 얼굴을 본, 코로나 시대에 꽤 막역해진 사이다. 그녀도 나처럼 아이를 키우며 집 꾸미는 것을 좋아했고, 사진 찍는 센스도 좋았던 터라 크고 작은 협찬을 받고 있었다. 그래서 처음으로 책을 핑계 삼아 그녀를 만나기 위해 인스타그램에서만 보던 그녀의 집을 찾아갔다. 그녀를 만나면 뿌옇게 모자이크 처리된 나의 생장점을 명확히 찍을 수 있을 것만 같았다.

정사각형으로만 보던 그녀의 집을 풀 프레임으로 보니 더 아름다웠다. 인스타그램에는 본인의 얼굴 사진이 거의 없어서 실물을 보니 조금 낯설게 느껴졌다. 아마 줌으로도 보지 않았다면 그녀의 집임에도 불구하고 '단비 님 맞으세요?' 하고 물었을지도. 집 안 구석구석은 너무 잘 알지만 얼굴은 초면인 사이. '집'을 주제로 인스타그램을 하는 인친(인스타그램 친구)들은 대부분 그렇다.

그녀의 집을 줌인하듯 구경하는 동안 뚝딱하고 아이스크림 크로플과 라테 몇 잔이 테이블 위에 세팅되었다.

"우선 인터뷰에 응해주셔서 너무 감사해요. 자기소개 부탁드려요."

"뻔하게 하면 되나요? 여덟 살, 여섯 살 아들 둘을 키우고 있는 9년차 평범한 주부입니다. 잠시만요. 평범한 주부 아니고 특별한 주부라고 하고 싶네요."

자기소개라는 말에 아이의 나이와 주부 경력을 읊는 모습에 자연스럽게 오버랩되는 과거의 나. 다시 글을 쓰기 전까지 나 역시 내 나이는 생략해도 아이 나이는 개월 수로 또박또박 반올림하는 엄마였다.

그렇게 시작된 인터뷰는 그녀가 아이를 낳기 전에 대기업 4년차 직장인이었다는 이야기를 지나 아이가 어느 정도 자라자 큰돈을 들여 집을 리모델링했던 일화로 옮겨갔고 자연스레 인플루언서의 삶으로 이어졌다.

"자신이 원하는 취향으로 집을 꾸미고 나니까 어때요? 집에 더 있게 되지 않던가요?"

"맞아요. 집에 있을 때 오히려 에너지가 충전되는 기분이랄까요? 예전에는 아이가 어렸음에도 불구하고 밖으로 많이 나갔어요. 그런데 집을 꾸미는 재미를 알고 나니 집에 있는 시간이 오히려 좋더라고요. 그리고 전 청소기 소리도 깨끗해지는 소리로 들려서 좋아해요. 요리하는 걸 좋아해서 배달음식도 거의 먹지 않고요."

그녀의 말처럼 집을 가꾼다는 건 단순히 큰돈을 들여 리모델링을 하거나 좋은 가구나 소품으로 집을 꾸미는 것이 아니라 가장 많이 머무는 집이라는 공간을 여러 가지 방법으로 바꾸고 만들어가는 것 그 자체다. 청소하는 것으로, 사랑하는 이들과

먹을 음식을 만드는 것으로, 또 나의 취향이 담긴 물건을 서랍
장 위에 두는 것으로 우리는 집을 가꾼다.

"저희가 오하우스라는 모임을 통해서 만났잖아요. 사실 외
부에서 어린이집 엄마들 만나면 아이를 통해 만나서 그런지 결
국 아이 이야기만 하게 되더라고요. 그런데 오하우스에서 만난
사람들과는 집이나 취향에 대한 얘기를 하니까 그게 되게 좋았
거든요."

"저는 정말 고마웠던 게 '나한테 이런 재능이 있었나?' 싶을
정도로 사람들이 되게 예뻐해주더라고요. 그래서 자존감이 높
아지는 것도 있고요."

이 이야기를 하며 아이처럼 좋아하는 모습에서 나는 선명한
그녀의 생장점을 발견할 수 있었다. 사회생활을 하다 보면 주
어진 일과 그에 따르는 성과가 명확하다 보니 자연스레 '평가'
를 받게 된다. 물론 그 과정에서 비판도 수용해야 하지만 내가
한 일에 대한 평가는 그 일을 지속하게 하고, 또 열심히 하게 하
는 동기부여가 된다. 하지만 살림만 하는 엄마들에겐 나서서 칭
찬해주는 사람이 없다. 살림을 못하면 자괴감이 들지만 살림을
잘한다고 성취감을 느끼는 것도 아니다. 집안일과 육아는 잘해
내고 있다는 기준도 명확하지 않을 뿐만 아니라 아무리 잘해도
그건 평범한 주부나 엄마의 디폴트값일 뿐이기 때문이다.

목마른 사람이 시냇물을 찾듯, 칭찬에 목마른 사람은 칭찬 받을 만한 곳을 찾아가야 하지 않겠는가. 나 역시 아이를 출산함과 동시에 오하우스라는 커뮤니티 활동을 시작했다. 이 활동이 아니었으면 내 인스타그램 피드는 아이의 육아일기가 돼버렸을 것이다. 오하우스 커뮤니티 활동 덕분에 현생은 육아좀비가 되어가고 있었지만 피드에는 내가 좋아하는 취향이 그대로 존재할 수 있었다. 그리고 그 피드에 칭찬해주는 댓글과 좋아요를 아낌없이 눌러준 것도 오하우스 커뮤니티를 통해 만난 사람들이었다. 아무리 멀리 떨어져 있어도, 취향을 공유하는 것은 꽤나 큰 결속력이 된다는 사실을 나는 이 경험을 통해 처음 알았다.

"그래도 이 일에서 직접적인 수입은 나오지 않잖아요. 근데 이것을 돈의 가치로 따진다면 어느 정도라고 생각하세요?"

내가 한참 고무되어 있을 때 우리 넷 중 가장 이과스러운 정오 님이 물었다. 과연 뼈를 때리는 질문이었다.

"값을 매길 수 없을 정도라고 느껴요. 솔직히 회사에 다니면 월급을 받지만 그만큼의 가치가 있다고 생각하면서 다닌 적이 없거든요. 근데 지금은 손에 쥐어지는 돈은 없지만 회사 다닐 때보다 만족도가 더 커요. 눈에 보이지 않지만 분명한 행복감, 성취감 같은 게 있고. 협찬 금액이 중요한 게 아니라 '생각했던 것보다 사진이 잘 나왔어!' 이런 순간들이 자주 오니까 행복감을 더 자주 느낄 수 있는 것 같아요."

그 순간 나는 방언 터지듯 말꼬리를 이어나갔다.

"맞아요. 진짜 열심히 하거든요. 찍을 때 수직 수평 맞추고, 해 들어오는 시간을 기다리고, 같은 구도로도 몇 번씩 찍어보고. 어떻게 보면 회사에서 콘텐츠 만드는 사람들이 하는 일을 우리가 집에서 하고 있는 거잖아요. 게다가 사람들이 우리가 가꾼 집이라는 배경과 나의 감성이 필요하니까 나를 찾는 거고요. 그래서 저는 사진을 찍고 글을 쓰고 이런 것에 자부심을 갖고 있어요. 그 사람들도 충분히 멋진 스튜디오에서 잘나가는 사진작가 불러서 찍을 수 있는데 '나'한테 굳이 물건을 보내서 '우리 집'에서 '나'의 실력으로 찍은 사진을 원하는 거잖아요. 그리고 그 사진을 보고 소비자가 반응해서 소비가 일어나는 거니까 내가 회사에 일조하는 거죠."

"그렇게 생각하니까 진짜 맞네요. 하지만 인플루언서 활동을 한다고 하기엔 너무 소소한 것 같고 잘 모르는 사람도 있어서, 누가 무슨 일 하냐고 물으면 그냥 '주부입니다'라고 소개하게 되더라고요."

바로 여기. 그녀의 말과 나의 말의 차이에 우리가 찍어야 할 생장점이 있다.

우리는 엄마라는 타이틀과 함께 직업만 잃어버린 것이 아니다. 내가 두 달간 유럽여행을 다녀왔던 잠깐의 공백 후에 뷰티 블로거라는 가치를 잃어버린 것처럼 엄마가 된 후 타의로 인한 경력 단절도 마찬가지다. 육아로 보낸 몇 년의 공백은 새카맣게 타버린 내 피부처럼, 더 이상 맞지 않는 스몰사이즈 바지처럼 미련을 둘수록 나를 초라하게 만든다.

과거의 영광은 잠시 내려놓고 내가 열심히 해낸 무언가로 누군가에게 도움을 줄 수 있다는 사실에 집중해보자. 우리를 필요로 하는 사람이 있다는 자기 효능감과 그 일을 잘 해냈을 때의 성취감과 만족감. 그리고 그 행위 자체에서 오는 행복감이 바로 우리의 일상을 수놓는 수많은 생장점이 되어줄 것이다.

무슨 일을 하느냐는 질문에 방금까지 집을 가꾸고 주어진 기한과 콘셉트에 맞춰 열심히 사진을 찍고 업로드를 한 것은 건너뛰고 "주부예요"라고 대답해버리는 건 나 역시 마찬가지다. 지금의 삶의 형태에 스스로 만족하지만 다른 사람들한테 설명하기에는 명확한 이름이 없는, 그리고 돈으로 보상받지도 못하는 이 '일'에 뭐라고 이름을 붙여야 할까?

크로플 위의 아이스크림이 녹는 줄도 모르고, 라테가 식어가는 줄도 모르고 대화를 이어가다 내가 말했다.

"이제는 협찬이 들어오면 '나는 이 회사에서 고용한 외주 콘텐츠 제작자다' 이런 마음으로 일해요. 한마디로 프리랜서죠. 근데 우리 진짜 성공한 인생 아닌가요? 내가 좋아서 하는 일이고 회사 입장에서도 필요한 일을 하고 있는 거잖아요. 게다가 100퍼센트 재택근무!"

오늘도 집으로 배달된 택배 상자에는 해시태그 #협찬이 붙어 있지만 결코 공짜로 받는 게 아니라 나의 노력의 대가라는 사실을 곱씹으며 열심히 휴대폰 수직을 맞춰본다. 이런 나, 조금 멋진걸!

by 보라

함께 디딘 한 걸음

―

언젠가 동네 책방 사장님이 내게 동네 잡지를 건네며 이 잡지의 기자가 되어보는 것이 어떻겠느냐고 물어본 적이 있다. 책방에서 책을 읽는 시간만큼 내가 사진 찍는 것에도, 글 쓰는 것에도 관심이 많다는 걸 알고 있는 분이었다.

"제가요? 말도 안 돼요. 저는 말주변이 없어서 이런 일은 힘들어요"라고 말하며 손사래를 쳤던 기억이 난다. 그러면서도 속으로는 '재미있을 것 같은데…' 하고 괜스레 설레는 마음을 품어보기도 했다. 끝내 연락처를 물어보진 못했지만 그때가 가끔 생각날 즈음이었다.

이슬기 님은 위에서 말한 그 동네 잡지를 만든 편집장이었다. 어쩌다 결국 우리가 만나게 되었는지 신기해하며 우리 사이의 연결고리에는 인연보다는 조금 더 진한 어떠한 알고리즘이 엮여 있는 것 같았다. 나는 그것을 파헤쳐보고 싶었다.

"안녕하세요. 이슬기입니다. 두 아들을 둔 30대 후반의 엄마이고요. 고등학교 국어교사이기도 합니다만, 첫째를 낳고 3년 정도 휴직에 들어간 동안 둘째까지 출산하면서 2년 더 휴직 예정입니다. (웃음) 그렇게 되면 저의 교사로서의 경력과 휴직 경력이 동등해지겠네요. 요즘 저는 교사보다는 〈담담〉이라는 지역 잡지 편집장으로 저를 소개하고요. 올해는 지원 사업과 별개로 '동탄의 엄마들'이라는 인재 육성 프로그램을 운영하고 있습니다."

내가 관찰한 그녀는 당당하고 비범한 아우라 같은 것을 갖고 있었다. 안정적인 직업이 있음에도 불구하고 집에서 쉬면서도 가만히 있지 않고 계속 몸을 놀리는 8기통짜리 엔진을 단 엄마라고나 할까? 혼자서만 열심히 인생을 살고 있는 듯한 그녀를 보면 도리어 질투심이 나서 담을 쌓을 수밖에 없었다.

그렇다. 불편한 상황에서 재빨리 벗어나는 방법은 회피일지도 모른다. 선뜻 마음이 동하지 않는 일에 꾀를 내어 핑곗거리를 만들어놓는 것이다. 그녀는 일반적인 사람이 아니며, 특이한 부류 중 하나라고. 전업주부인 듯하지만 휴직 중인 워킹맘이며 그렇기에 우아한 교양놀이를 여유롭게 즐기고 있는 거라고. 그런 내 마음을 간파했던 것일까, 그녀는 이런 말을 했다.

"엄마로 살면서 가장 인색해졌다고 느낀 게 뭔지 아세요? 바로 칭찬받는 거예요. 누구도 저에게 칭찬을 해주는 일이 없어요. 관심은커녕 점점 열외로 취급되는 상황이 저를 무기력하게 만들더군요. 한동안 산후우울증도 겪었어요. 그러다 남편이 이런 말을 해주더군요. '나는 당신이 뭔가에 집중하고 있는 모습이 좋아. 그런 모습에 반했고, 그래서 지금도 당신이 어떤 일을 하건 지지해줄게.' 남편의 격려가 저에게 큰 힘이 되었어요. 남편에게 아내의 내조가 중요한 것처럼 아내한테도 남편의 지지가 중요하죠. 나의 목표와 그의 외조가 하나로 모아지니까 내가 하고 싶은 일을 해야겠다는 생각이 들더라고요. 이래서 따뜻한 말 한마디가 그렇게 중요한가 봐요."

그녀가 하고 싶은 일을 응원하는 남편의 외조. 순간 그녀에게 관심이 생겼다. 나도 누군가에게 인정받고 칭찬받는 일에 목말라 있었으니까. 나 또한 그렇게 작가의 세계에 들어 왔으니까. 그녀와 나 사이에 쌓았던 담은 이야기를 나눈 지 10분도 채 지나지 않아 와르르 허물어졌다. 나는 계속 고개를 끄덕이고 있었고, 점점 의자 등받이에서 멀어지며 그녀 쪽으로 몸을 기울였다.

"〈담담〉 잡지가 생기게 된 배경이 궁금해요."

"〈담담〉은 동탄에 사는 사람들과 공간, 소식을 취재하는 웹진입니다. 제가 첫아이 태교 때 취미로 그림을 그렸는데요. 그때 미술학원 선생님과 동네에 생긴 신상 카페 얘기를 하다가 이런 곳을 알려주는 잡지가 있으면 좋겠다는 생각이 들었어요. 그래서 마을 자치센터 공모사업에 지원했죠. 첫해에는 저희 부부와 미술 선생님 부부. 이렇게 넷이서 조촐하게 시작했어요. 취재하는 법이나 책을 편집하는 법을 전문가에게 배우며 큰 도움을 받았죠. 그 후 이런 공모사업의 장점을 알고 여러 곳에 문을 두드리기 시작했어요. 벌써 3년째 잡지를 만들고 있네요. 이제는 동탄에서 글 쓰는 사람들을 알음알음 알게 되어 기자로 영입하기도 하고 취재 중에 인연이 닿아 일을 같이하게 된 분들도 있어요."

동탄의 다채로운 모습을 발견하고 매력적인 인물을 찾아 취재하면서 그녀는 행복감을 느꼈다. 좋아하는 음식과 취향 저격의 물건들을 만날 수 있는 곳이 생기면, 다른 사람들에게도 알려주고 싶어 마음이 바빠졌다고 했다. 하지만 무엇보다 그녀는 동탄에서 하는 지원사업 등을 통해 이루고 싶은 목표가 있다. 바로 '동탄'이라는 도시의 리브랜딩이다. 의외의 발언에 나는 걱정이 앞섰다. 그걸 왜 굳이 그녀가?

"남편과 둘이 살 때는 이런 생각을 못했어요. 그런데 동탄에 대한 시선을 예민하게 받아들이게 됐죠. 왜냐하면 내 아이들은 이제 동탄에서 계속 자랄 거잖아요. 어디 가서 '나 동탄에서 왔어'라고 했을 때 사람들이 이 동네를 부러워했으면 좋겠어요. 좋은 도시의 이미지로 받아들여지면 좋겠어요. 그러니 자식을 위해서 부모가 책임을 다해야죠."

그녀는 처음 동탄에 살게 되었을 때 지인들로부터 '동탄맘'을 조심하라는 말을 여러 번 들었다고 했다. 하지만 동탄맘들을 만나보고 느낀 것은 여느 엄마들과 다를 바 없다는 것이었다. 동탄도 그냥 사람 사는 곳이었다. 누구 하나 열심히 살지 않는 사람이 없는 동네.

그런데 왜 동탄맘에 대한 좋지 않은 인식이 생긴 것일까?

동탄은 신도시다. 토박이가 거의 없고 지난 10년간 인구 순유입이 30만 명으로 전국에서 가장 높은 도시다. 결혼한 부부가 동탄으로 이사 왔다는 것 자체가 이곳에서는 여자들이 자기 일을 포기하고 남편을 따라 타지에 온 것으로 통한다. 서울에서 가깝지만 여자들이 할 수 있는 일이 거의 없기에 자연스럽게 가사와 육아에만 전념하는 전업주부가 많을 수밖에 없다. 하지만 바깥에서는 안의 사정이 잘 보이지 않는다. 대기업에 다니는 남편 덕분에 집에서 놀고먹는 한심한 전업주부들이 브런치를 즐기고 쇼핑을 다니는 이미지와 더불어 '맘충'들의 집성촌으로 보일 뿐이다.

자신이 가지고 있던 것들을 놓고 온 사람들에게는 불만과 갈망이 생길 수밖에 없다. 때문에 동탄 신도시 초창기에는 욕구를 충족시키지 못한 사람들 간의 갈등이 있었을 수도 있다. 하지만 지금은 다르다고 생각한다. 동탄 내에서 엄마들이 할 수 있는 일이 무엇인지 스스로 찾아보는 엄마들이 늘고 있다. 이제야 해동기에 들어섰다고 볼 수도 있을 것이다.

"제가 재미있게 봤던 《서울의 엄마들》이란 책이 있어요. 서울이라는 도시에서 살아가고 있는 시민이자 여성이고 엄마인 사람들의 이야기를 글과 사진으로 기록해놓은 책인데요. 열 명의 서사가 하나의 챕터 안에서 한 사람의 이야기처럼 느껴져요. 나이나 거주지, 직업 등에 관한 고정관념을 빼놓고 보면 결국 우리가 얼마나 많은 편견을 가지고 있었는지 깨닫게 되죠. 동탄에서도 《서울의 엄마들》의 형식을 그대로 가지고 와서 동탄의 여성이자 엄마인 사람들의 이야기를 엮어보고 싶었어요. 동탄맘에 대한 부정적인 시선을 이제야 좀 벗겨낼 수 있겠다는 확신이 들었거든요."

"그럼 동탄의 엄마들은 어떤 활동을 하죠?"

"단순해요. 그들에게 서울의 엄마들처럼 일회용 카메라와 필름 한 통 주고 당신의 소중한 일상을 찍어달라고 했어요. 필름 한 통에 36장이죠. 그녀들이 카메라를 통해 바라보는 세상에는 동탄맘의 시선이 담겨 있어요. 휴대폰 카메라처럼 찍었다 지웠다 할 수 없으니 한 장 한 장 소중하게 다루면서 매일 들고 다니신대요. 그들이 찍어온 사진을 한데 모아놓고 같은 시선으로 따라가다 보면 그날은 눈물바다가 된답니다. 나이가 제각각인데도 공감이 되나 봐요."

"그런 활동을 통해 〈담담〉 잡지를 함께 만들던 사람들에게 달라진 점이 있나요?"

"각자가 하고 싶은 일이 생겼어요. 처음엔 자기소개도 쭈뼛 거리던 분들이었는데, 어떤 분은 글을 쓰는 재미에 빠져 작가가 되어보겠다고 결심하고, 어떤 분은 마음속으로 다짐만 해오던 창업을 행동으로 옮긴 분도 있었죠. 이번에 〈동탄의 엄마들〉 사 진전을 열고 나서 사진집도 출간할 예정인데, 이를 위해 멤버 중 한 분이 1인 출판사를 차렸어요. 정말 대단한 연대의 힘이죠? 때 문에 저는 이 모임을 계속이어갈 겁니다. 동탄의 엄마들 이후엔 동탄의 아빠들, 동탄의 아이들, 동탄의 가게들… 이런 식으로 무 한 확장하여 동탄의 이야기를 계속 담을 생각입니다."

누군가에게는 쓸데없는 일들로 보일지도 모른다. 현실적으 로 엄마들이 재취업으로 많이 선택하는 일들, 가령 학습지 교 사, 사무 보조, 마트 점원, 공인중개업, 카페 아르바이트 등이 안정적인 돈벌이에는 더 알맞은 선택지일 수도 있다. 그럼에도 하찮은 일들이 모여 결국 세상을 조금씩 바꾼다는 믿음으로 살 아가는 이슬기 님에게 아낌없는 응원을 보낸다. 그녀가 바꾸고 자 하는 세상에는 이 시대를 살아가는 여자들의 꿈이 들어 있기 때문이다. 지금껏 출산과 육아로 단절되어 있던 경력의 한 획을 그을 수 있는 창구이자, 제2의 직업을 찾을 수 있는 발견의 장을 만들어주고 있기 때문이다. 〈담담〉 취재를 통해 타인의 마음을 통과해 나의 마음까지 두드릴 것이다. 내가 무엇을 좋아했는지, 어떤 것에 행복을 느끼는지, 바꾸고 싶은 것이 무엇인지 자주 스스로 물어보게 될 것이다. 마음속에 의지가 다시 타오르는 순간, 그녀들은 더 이상 누군가의 엄마로만, 누군가의 아내로만 존재하지 않는다. 인정받고 싶고 사랑받고 싶고 도전하고 싶은 한 인간일 뿐이다. 필름 카메라를 손에 쥐고 일상의 풍경을 찍으며 점점 0으로 치닫는 필름 속에 흘러가는 순간들의 소중함을 느낄 것이다. 그리고 그런 소중한 순간들을 결코 의미 없이 보내지 않을 것이다.

인터뷰를 마치고 며칠 뒤, 〈동탄의 엄마들〉 사진전이 열린다고 해서 이곳을 다시 찾았다. 동탄의 엄마들이 가족들에게 둘러싸여 세상을 향해 자신의 이야기를 소리 내어 말하고 있었다. 이날만큼은 멋지게 차려입고 마스크 안에 빨강 립스틱도 바르고 오신 듯하다. 사람들의 박수를 받으며, 기념사진을 찍는 동탄의 엄마들 손에는 활짝 핀 꽃다발이 쥐어져 있다. 인생의 주인공이 된 엄마들의 소중한 순간을 보니 나도 모르게 감격의 눈물이 흘렀다.

이제라도 그녀에게 손을 내밀어본다.

"혹시 내년에 기자가 더 필요하면 불러주세요. 저를 막 써먹어주세요. 너무 일하고 싶어요!"

작년에는 이런 말을 할 용기가 없었다. 나의 가능성에 대한 확신이 없었기 때문이다. 하지만 이제는 안다. 작은 성취를 통해 도전할 용기를 갖게 여성들은 아마 전업주부만으로 살기엔 이미 멀리 와 있다는 것을. 이것이 바로 혼자 내딛은 한걸음보다, 여럿이 함께 내딛은 한걸음의 힘이 아닐까.

by 정선

이충렬

엄마 선배에게 배우다

—

나를 인정하기

"난 살림을 통해서 기쁨이 생기지 않아."

내 마음이 어떤 것인지 나조차도 정의하지 못하는 날이 많았다. 입 밖으로 꺼낼 수 없었던 혼돈의 시간들. 엄마가 되었지만 살림과 육아에 정을 붙이지 못했다. 주부가 되면 살림을 척척 잘할 줄 알았고, 아이가 생기면 저절로 온 마음 다해 키울 줄 알았다. 주부와 엄마, 두 가지 역할 속에서 부단히 애를 썼지만, 발전은 없었다. 주변에는 살림과 육아를 즐기는 사람들도 있었기에, 엄마의 자리에서 붕 뜬 마음이 드는 것조차 스스로 불편했다. 이런 감정의 실체가 무엇인지 고민하며 살았는데, '꿈지락'의 이선경 대표와의 인터뷰를 통해 답을 찾을 수 있었다.

꿈지락은 2017년 경기도 용인시 수지구 동천동 및 고기동을 중심으로 설립된 주민자치 생활예술협동조합이다. 마을 문화예술의 거점으로서 주민들이 마을의 예술생태계를 복원하고,

일상 속에서 문화예술 활동을 펼쳐나가도록 돕는다. 영화, 그림, 춤, 사진, 연극, 합창, 목공예 등의 다양한 강좌를 진행하고, 노년의 행복을 위한 프로젝트를 기획하고, 매해 '머내마을 영화제'를 개최한다.

"여성들은 아이를 키울 때 고민이 많은데, 대표님은 어떤 고민이 있었나요?"

첫 질문에 이선경 대표는 이렇게 대답했다.

"아이가 어릴 때부터 일했어요. 일을 하면서도 아이들을 이렇게 맡기는 게 맞나? 하는 생각이 들었어요. 월급의 대부분이 공동육아로 들어갔죠. 남편도 나가서 돈을 버는 것보다 아이들을 돌보는 게, 아이들에게도 행복하지 않겠냐고 했어요. 그런데도 일을 포기하지 않았던 이유는 반찬 만들고 살림하는 것에 재능이 없었기 때문이에요. 저는 아이를 키우면서도 계속 신문을 보고, 다른 일에서 더 기쁨을 느꼈어요. 아이 돌 무렵에 난 일하러 나가야겠다고 이야기하며 남편과 싸운 적이 있어요. 그때 제 마지막 말이 이거였어요. '난 살림을 통해서 기쁨이 생기지 않아.'

일은 인풋이 있으면 아웃풋이 분명하게 드러나잖아요? 그게 급여가 아닐지라도, 사람들과의 관계 속에서도 성장이 느껴지죠. 저는 일을 하면 항상 성과가 좋은 편이었어요. 그래서 그 걸 포기하면서까지 육아와 살림에 전념하고 싶지 않았어요. 또 하나는 원론적인 측면인데 여성들이 성장하고 사회적 역할을 해야 한다고 생각했어요. 직장에 다닐 때 항상 힘들었던 것 같 아요. 여성이라서 일이 어떻다든지, 아니면 엄마라서 일이 늦어 진다는 얘기를 들었죠. 그런 말이 듣기 싫어서 남성들보다 더 열심히 일했어요. 그래서 남성들의 시기와 질투도 많이 받았죠. 저의 개인적인 욕구도 있었지만, 사회적 책임감이 더 컸어요. 열 심히 일하면 여성의 지위가 높아질 수 있다는 사회적 책임감이 동력이 되었죠."

'반찬 만들고 살림하는 것에 재능이 없었어요'라는 그녀의 말이 확성기에서 나오는 것처럼 크게 들렸다. 나 역시 그런 감정 이었는데, 아닌 척 숨기며 살았다. 살림에 재능이 없다는 말은 능 력이 없다는 말과 같다고 여겼다. 그동안 외면했던 진실을 누군 가의 말을 통해 마주하고 나서야 표현하지 못했던 감정에 이름 표를 붙일 수 있었다. '살림에 재능이 없으니 자꾸 다른 곳에 마 음을 쏟았던 거구나' 하고 비로소 깨닫게 되었다.

내가 나를 알고 인정하는 것은 중요하다. 스스로 모른 채 살 다 보면 혼란스럽고, 앞으로 나아가야 할 길을 찾지 못한다. 인생의 모든 문제는 복합적으로 얽혀 있기에 제일 먼저 해야 할 일은, 생각의 실타래를 푸는 것이다. 생각 정리(내가 나를 아는 것)다. 그래야 한 땀 한 땀 엮어, 무언가를 만들 수 있다. 엉킨 실로는 아무것도 만들 수 없다.

사회가 요구하는 엄마의 모습이 아니었기에 말 못했지만, 그것 또한 내 모습임을 이제야 인정하게 되었다. 임금님 귀는 당나귀! 라고 외치듯 말해본다.

나는 살림에 재능이 없다.
나는 살림에 재능이 없다.
나는 살림에 재능이 없다.

살림에 재능이 없다면 '나는 ○○○에 재능이 있다'라고 말하고 싶지만, 아직 뚜렷한 재능을 찾지 못했다(좋아하는 건 많지만). 언젠가 '나는 동시(쓰기)에 재능이 있다'라고 말하는 날이 왔으면 좋겠다. 그런 날을 위해 오늘도 글을 쓰고 있고, 한 땀 한 땀 하루를 엮어가고 있다.

길이 없다면 만들기
무언가를 고를 때, 세상에 있는 것 중에서 선택했다. 선택지가 몇 개 없어도 그 안에서 골랐다. 하지만 아이가 유치원에 갈 때, 고를 수 있는 선택지가 없었다. 집에서 가깝고, 새로 지어진 건물이라 환경도 쾌적하고, 자연 친화적인 프로그램이 마음에 들어 ○○○ 유치원에 보내고 싶었다. 원하는 유치원에 아이를 보낼 수 있다고 생각했다. 뭘 모르던 시절의 착각이었다.

동네에 아이들은 많은데 유치원 수가 적다 보니, 모두 원하는 곳에 갈 수 없었다. 내 의지와 상관없이 추첨에 당첨되어야만 들어갈 수 있었다. 가장 가고 싶었던 유치원에 떨어지자, 정신이 번쩍 들었다. 다른 유치원에 가면 된다고 다독였지만, 그 유치원도 추첨에서 떨어졌다. 그때 처음으로 사태가 심각하다는 걸 깨달았다. 주변에 있는 일곱 곳의 유치원에 연달아 지원했지만 죄다 탈락했다. 부모의 추첨 운으로 아이의 유치원이 정해지는 것도 이상했는데, 그마저도 운이 없어 아이가 유치원에 못 갈 수도 있는 상황이었다. 나는 왜 이렇게 운이 없을까? 자책하기도 하고, 부적처럼 '○○○유치원에 당첨된다'라는 글을 써서 냉장고에 붙여놓고 여러 번 소리 내어 읽었다.

시간이 흐를수록 초조해졌다. 원하는 유치원에 차례대로 떨어지자 형편에 맞지 않는 영어유치원을 보내야 하나? 라는 생각이 들었다. 내 의지와 노력대로 무언가를 이룰 수 없다는 사실에 무력감을 느꼈다. 다행히 제일 늦게 추첨을 했던 병설 유치원에 붙어(내가 할 땐 그렇게 안 되더니 남편이 추첨하자 붙었다), 아이는 유치원에 들어갈 수 있게 되었다.

교육적으로 중요한 시기에 유치원 선택권이 부모에게 없다는 사실도 충격적이었고, 당첨된 유치원의 교육 방향이 맞지 않아도 보내야 하는 현실이 씁쓸했다. 그럼에도 어쨌든 유치원에 갈 수 있게 되었다는 사실만으로도 다행으로 여겨야 했다. 그렇게 현실에 순응하며 살았다.

이선경 대표는 아이가 어릴 때 유치원이 아닌, 공동육아를 했다기에 유치원의 시스템과 어떻게 다른지 물었다.

"아이가 돌 때부터 제가 일을 했어요. 어린이집에 아이를 가장 일찍 맡기고 가장 늦게 찾는 상황이었어요. 그 상황에서 고민했던 건, 제가 일을 하려면 아이를 어딘가에 맡겨야 하는데 아이가 한 공간에만 있기에는 긴 시간이었죠. 그런 환경이 아이에게 힘들다고 생각했어요. 그래서 공동육아를 찾았어요. 공동육아는 마당이 있는 공간에서 이루어졌기에 아이에게도 더 나은 환경이라고 생각했고, 늦게까지 아이를 맡길 수 있었어요.

공동육아는 부모들의 뜻에 맞는 육아의 조건을 만들어나가는 방식이에요. 부모들이 의기투합해서 공간을 구하고, 아이들을 돌볼 선생님들도 구해요. 장소를 구해야 하니까 비용 부담이

컸죠. 아이들의 수가 적으면 선생님들의 비용 부담이 커지고, 많으면 비용 부담이 줄어드는 구조예요. 공동육아가 좋은 건 두 가지였어요. 아이들의 먹을거리를 확실하게 확인할 수가 있고, 부모들이 선생님을 구하기 때문에 선생님에 대한 신뢰도가 높아요. 내 아이를 가르치는 선생님을 부모가 선택할 수 있었죠. 혹시 문제가 생겼을 때는 빠르게 대처할 수 있는 것도 장점이었어요. 날마다 적는 '날적이'도 좋았고요. 예를 들면 선생님이 '오늘 아이가 콧물을 흘렸어요. 감기 기운이 있는 것 같아요'라고 적은 글을 보고, 제가 '오늘 밤 잘 지켜봤습니다. 괜찮아졌어요' 또는 '열이 오르네요'라고 하면서 선생님과 섬세한 소통을 할 수 있었어요."

내가 생각하는 방향의 유치원이 없을 때, 대안을 찾을 수 있다는 걸 알았다. 혼자 하면 어려운 일이겠지만 뜻이 맞는 사람들과 함께하면 새로운 육아 공동체를 만들 수 있었다. 공동육아에 관한 이야기를 얼핏 듣기는 했지만, 자세한 내용은 처음 알게 되었다.

이미 나 있는 길을 선택하는 대신 새로운 길을 만드는 태도가 인상적이었다. 아이가 조금 크면 시간 여유가 생기는데, 그때는 어떻게 시간을 보냈는지도 궁금했다.

"쭉 일하다가 아이가 고등학생 때 시간적 여유가 생겼어요. 그 시간에 뭘 하고 싶은가 생각했는데 춤을 추고 싶었어요. 주변에는 살사, 스포츠 댄스, 라인댄스 같은 건 있는데, 그런 건 마음에 안 들더라고요. '내가 추고 싶은 춤을 만들어야겠다'라고 생각했죠. 그래서 주변에 춤추고 싶은 사람을 찾아보니, 몇 분 있더라고요. 먼저 사람들을 모으고, 그다음에 선생님을 모집했어요. 선생님을 여섯 명 정도 만났는데, 마음에 드는 분이 없었죠. 그러던 중에 현대무용 선생님을 만나게 되었어요. 그렇게 춤 강좌를 하나 기획해서 모임을 만들었어요. 공간을 빌리고, 사람들을 더 모집했죠. 다행히 선생님 수강료를 줄 정도가 되었어요. 그렇게 시작했어요. 그 후 제가 요리를 너무 못해서 이참에 한번 배워보자 생각하고 몇 군데 다녀봤어요. 기존의 프로그램들은 내 수준에 맞지 않더라고요. 너무 전문가 수준이었죠. 그래서 동네에서 요리 잘하는 엄마를 섭외하고, 요리를 배우고 싶어 하는 사람들을 모았어요. 공지를 내보냈더니 사람들이 모이더라고요. 그걸 또 동아리로 운영했죠. 그 후에도 니즈를 가지고 있는 소수가 모여서 소설을 읽고, 다음에는 여행을 다녔어요. 해외여행은 준비를 많이 해야 하잖아요? 그래서 준비를 많이 하지 않아도 되는 국내 여행을 생각했죠. 당시 유명하지 않은 철원 같은 곳을 정하고 역사기행 선생님을 섭외했어요. 20명

정도 모여서 버스를 빌려 여행을 갔어요. 그렇게 한 5년 정도 운영했는데, 꽤 잘됐죠.

그 당시 제가 총무를 여섯 개나 했어요. 한 달에 하나 돌리고, 일주일에 하나 돌리고, 그러다 보니까 조금 더 본격적으로 놀아야겠다는 생각이 들었어요. 그래서 제가 이 공간에 책상 하나 놓고 시작했어요. 그 후 뜻이 맞는 사람들하고 협동조합을 만들어보자고 생각했죠. 협동조합의 시작은 '뭘 하면서 놀까?'라는 고민이었어요. 놀더라도 주제를 가지고 놀았으면 좋겠다고 생각했죠."

기존의 유치원 대신 나에게 맞는 공동육아를 선택하고, 이미 존재하는 다양한 강좌를 마다하고 아예 자신이 원하는 현대무용 수업을 개설하는 모습에서 '길이 없다면 만든다'라는 태도를 읽을 수 있었다.

동네에 길이 하나밖에 없다면, 사람들은 그 길로만 다니게 마련이다. 하지만 샛길 하나가 생기면 그 길을 따라 걷는 사람들이 생겨난다. 엄마들에게도 획일화된 길 말고, 새롭고 다양한 길이 필요하다. 그래야 후배 엄마들도 자기에게 맞는 길을 찾아 선택할 수 있다.

우리는 늘 고민한다. 어떻게 하면 아이에게 좋은 엄마가 될 수 있는지, 내가 나일 수 있는 방법은 무엇인지…. 고민의 순간에는 먼저 그 길을 간 선배들의 이야기가 필요하다. 그들이 했던 비슷한 고민을 참고해 답을 찾을 수 있고, 먼저 간 사람들의 발자국을 보며 용기를 낼 수 있기 때문이다.

자신만의 속도로 꾸준히 하기

아이를 어느 정도 키우고 나면 시간적 여유가 생긴다. 그제야 비로소 '나'로 살아가는 삶을 고민한다. 이미 자기의 길을 가고 있는 엄마 선배에게 가장 궁금한 점은 어떻게 자기만의 콘텐츠를 찾을 수 있을까였다.

"저의 경우에는 친정이나 시댁이 아이를 돌봐줄 수 있는 상황이 아니었어요. 아이를 키우는 건 오로지 제 몫이었죠. 그 과정에서 끊임없이 좌절을 맛보았어요. 좌절 속에서 배운 건, '나만의 속도로 가자'였어요. 그게 제일 중요하더라고요.

사회의 변화와 엄마들의 환경. 두 개의 속도가 다르거든요. 예를 들면 아이를 키우는 생활은 변화가 없고 시간이 더디게 가는 것 같은데, 텔레비전 속 광고를 보면 세상은 빠르게 변하는 것 같아요. 저기는 딴 세상 같죠. 또 주변에 같이 일했던 사람들이 승진했다고 하면 나만 낙오된 것 같아 좌절했어요. 하지만 그런 상황 속에서도 자신만의 속도를 유지하며 꾸준히 콘텐츠를 쌓아야 해요. 그러다 보면 독특한 나만의 이야기가 만들어지고, 자신의 역량을 발휘하게 되는 타이밍이 생기더라고요.

중간에 1년 동안 제주도에 가서 아무것도 하지 않으면 '이렇게 쉬어도 되는 걸까?'라는 생각이 들 거예요. 그런데 그것 자체도 경험이 되어, 다른 연결점이 되기도 하니까 그 시간을 즐기면 돼요. 지금 하는 것들이 소소해 보여도 미래에는 어떤 콘텐츠가 될 수 있어요. 그걸 믿는 게 중요해요.

저는 아이를 키우면서도 신문을 챙겨 보고 책도 읽고 세상돌아가는 일에 꾸준히 관심을 가졌어요. 트렌드를 담고 있는 광고도 주의 깊게 봤어요. 요즘은 TV 프로그램 〈유퀴즈〉를 보면서 다양한 분야의 사람들이 살아가는 이야기에 귀 기울여요. 그렇게 꾸준히 관심을 가지고 정보를 모으다 보면, 어느 시점에서나와 사회의 접점이 생기게 되고, 그 접점에서 '일'이 발생하더라고요."

엄마의 시간만 천천히 흐르는 것 같아 조바심 날 때가 있었는데, 모든 경험은 훗날 유의미해질 테니 그 시간을 포옹하라는 말이 인상 깊었다.

제주도 이야기를 들으면서 방학마다 제주도에서 아이들과한 달 살기를 하는 친구가 떠올랐다. 단순히 자연을 벗 삼아 아이들에게 추억을 만들어주기 위한 일이었는데, 그 경험이 생각을 확장시켰고, 이번 겨울방학에는 아이들과 말레이시아에 가서 한 달 살기를 한다고 했다. 제주도의 경험이 없었다면 말레이시아 한 달 살기는 생각하지 못했을 거라고 했다.

또 다른 예도 있었다. 평소 책을 많이 읽고, 작가와의 만남도 찾아다니고, 독서 모임도 가고, 동네 책방을 자주 방문하는 친구가 있었다. 그 친구는 지금 책방을 열기 위해 준비하고 있다. 훗날 책방 주인이 될 줄 알고 한 행동들은 아니었지만, 좋아서 한 경험들이 모여, 큰 세계로 나가게 했다. 꿈지락 대표의 말대로 모든 경험이 유의미해지는 순간이었다.

우리 삶이 한 편의 영화라면 예측 가능하고, 어떤 결말로 끝나는지 알 수 있겠지만 현실에서는 그 누구도 미래의 모습을 알지 못한다. 현재만을 살 수 있는 우리는 끊임없이 무언가를 경험하는 과정에 있을 뿐이다.

육아를 하며 아이의 말을 기록하고, 동시를 쓰고, 책을 읽고, 미션클럽을 진행하면서도 작은 점 같은 일들이 과연 나중에 무엇이 될까 하고 고민한 적이 있다. 문득 불안이 고개를 들면 같이 눈 맞출 뿐, 밀어내지 못했다. 하지만 인터뷰를 통해 흔들릴 때마다 나를 지탱해줄 말을 만났다.

이연식 목사

첫째, 자기만의 속도로 나아갈 것.

둘째, 관심 분야의 일을 꾸준히 할 것.

셋째, 지금 하는 작은 경험들이 훗날 세상과의 연결점이 된다는 것을 믿을 것.

살면서 이게 맞나 의문이 들거나, 좌절의 순간이 찾아올 때마다 이 말들을 꺼내 보려 한다. 그러면 무거워진 몸을 일으켜 다시 한걸음을 뗄 수 있지 않을까?

by 하연

나의 또 다른 연대, 책을 인터뷰하다

—

대한민국의 82년생이라면 다 알 만한 책이 있다. 바로 조남주 작가의 《82년생 김지영》이다. 출간되자마자 세간의 화제가 되었고, 영화로도 만들어졌다. 하지만 난 82년생도 아니었고, 김지영도 아니었기에 그다지 큰 관심을 갖지 않았다. 공유가 남편으로 나오는 영화였지만 무관심한 척했다. 요즘 젊은 엄마들, 특히 '경단녀'의 애로사항에 관한 이야기라고 들어서 더더욱 외면했다. 진실 앞에서 괜히 불편해지기 싫은 까닭이었다(난 75년생이니까). 하지만 마지막 원고를 남겨두고 결국 영화를 보고야 말았다. 숙제하는 심정으로 보기 시작했는데 해가 질 무렵 베란다에 서 있는 김지영을 보면서 베스트셀러임에도 불구하고 눈길도 안 준 이유를 알게 됐다. 그녀의 표정은 바로 얼마 전까지의 내 표정이었고, 오후만 되면 가슴이 쿵 하다는 그 대사는 내 대사였기 때문이다. 오후 4시만 되면 찾아오는 반갑지 않은 손님. 정신없이 살다가 뭔가 이상해서 시계를 보면 오후 4시. 나에게도 그런 때가 있었다. 82년생 김지영은 82년생만의 이야기도 김지영만의 이야기도 아니었다. 경력과 재능을 가사·육아와 맞바꾼 모든 여자들의 이야기였다. 내가 이 영화를 2022년에 눈물 콧물 흘리며 보게 될 줄이야(그 와중에 공유는 왜 그렇게 멋있냐고요). 82년생 김지영은 실패한 인생일까? 마음이 망가질 만큼 그녀를 힘들게 했던 건 뭘까?

비비언 고닉의 《사나운 애착》이라는 책으로 독서 모임을 한 적이 있다. 엄마와 딸이 뉴욕 거리를 산책하면서 과거를 회상하며 주고받는 이야기인데 이런 문장이 나온다.

> 우리는 모두 생긴 대로, 자기 욕구에 따라 살 뿐이다. 네티는 유혹하고 싶어 했고, 엄마는 고통받고 싶어 했다. 나는 책을 읽고 싶었다. 우리 셋 중 어느 누구도 스스로를 잘 다스리고 절제하여 이상적이고 정상적인 여자의 삶을 성공적으로 추구하지 못하고 있었다. 그리고 기실 우리 셋 중 어느 누구도 그 삶을 성취하지 못했다. 그럼에도 불구하고 이상적인 여자의 삶이라는 개념은 우리를 절대 놓아주지 않고 매년 다달이, 날마다 우리를 더 깊은 갈등과 혼란 속으로 밀어 넣을 뿐이었다.

정상적인 여자의 삶이란 무엇일까? 정상의 기준은 무엇이며 그 기준은 누가 정하는 것일까? 모임에선 이런저런 얘기가 나왔고 결국 정상적인 여자의 삶이란 규정할 수 없는 무언가로 귀결됐다. 정답이 없는 것이다. 현모양처나 슈퍼우먼도 정상적인 여자의 삶이라고 볼 수 없다는 의견과 함께.

모임이 끝나고도 이 말은 내게 오래도록 남아 있었다. 그렇다면 우린 늘 비정상적인 상태로 살아가야 하는 걸까? 그런 인생이 의미가 있을까? 하지만 내 삶을 돌이켜봐도 딱히 정상적이진 않았다. 그럼 우린 어떻게 살아야 할까. 세상의 모든 김지영들은 어떻게 살아야 할까?

돌고 돌아 나의 꿈을 찾았고 이제 그 꿈에 날개만 달아주면 되는 이 시점에 조금이라도 나은, 조금이라도 정상적인 삶을 살고 싶은 나는 그 답을 찾기 위해 인터뷰를 해보기로 했다. 지금의 내가 있기까지 위로와 응원을 아끼지 않았던 또 다른 연대인 책들과의 인터뷰를 말이다(작가 본인 또는 작중 인물들의 말을 인터뷰 형식으로 재구성했으며, 글의 자연스러운 흐름을 위해 살짝 각색했다).

Q. 평소 여성에 대한, 여성의 삶에 대한 깊은 사유로 유명한 작가님이신데요. 작가님은 여성의 삶에 대해 어떻게 생각하시나요? 정상적인 여성의 삶을 규정하는 게 힘들다는 걸 작가님도 동의하시나요?

A. 여성의 일상적인 삶에는 구체적이고 확실한 무엇이 남지 않는 일이 비일비재하죠. 조리한 음식은 먹으면 사라지고 공들여 키운 아이들은 곧 세상 밖으로 나가버리니 어떤 면에 강조를 둘 수 있겠어요. ― 《여성과 소설》의 작가 버지니아 울프

Q. 전업주부의 경력이 15년차입니다만 아직도 전업주부란 옷이 제게 안 맞는 것 같아요. 실패감만 커져서 그런지 마음도 무겁고요. 작가님은 이 점에 대해 어떻게 생각하세요?

A. 저도 전업주부입니다만 보통의 정의에서 약간 벗어나 있다고 생각해요. 동그란 원을 그리고 그 안에 주부의 정의에 부합하는 정도에 따라 세상의 주부들을 가운데부터 채워 넣는다면 나는 아마도 원의 가장자리에 대롱대롱 매달리는 꼴이 될지도 모릅니다. 애써서 원의 중심으로 다가가기보다는 내 방식대로 주부의 일을 하고 싶어요. 우선 딱히 모범 주부가 아니어도 괜찮다고 생각하면 마음이 훨씬 편해지죠. 나는 주부이기 전에 자유인이고 싶습니다. 내가 좋아하는 것을 내가 좋아하는 때에 나 좋은 대로 하는 그런 자유인이요….

― 《전업주부입니다만》의 작가 라문숙

Q. 정말 멋진 말입니다. 저도 원의 중심으로 다가가려고 애를 써보

지만 그게 만만치 않더라고요. 제게 자격이 없는 건 아닌지 의심스러울 때가 많았답니다. 하지만 대롱대롱 매달리더라도 제가 전업주부라는 사실은 변함이 없고, 내 가족이 소중하지 않은 것도 아닌데 엄마, 주부로 산다는 게 왜 이리 힘들까요?

A1. 원래 자식 키우는 일이 힘들고 보답받기 어렵잖아요. 자식 키우느라 애썼다는 말을 못 듣는 일도 허다하고요. 요령도 필요하고 유머 감각도 있어야 하죠. 언제 단호하고 언제 양보해야 하는지 잘 알아야 해요. 로드니가 아팠을 때 제가 어떻게 그 시기를 헤쳐 나왔는지는 아무도 몰라요.

— 애거사 크리스티, 《봄에 나는 없었다》의 조앤

A2. 한시도 눈을 뗄 수 없는 아이와 단둘이 있으면 시종일관 긴장 상태여야 하고 그런 사실 자체가 나를 궁지로 몰아넣는 것 같아요. 나 역시 후바타를 사랑해요. 거기엔 추호의 거짓도 없죠. 그러나 그 감정과 홀로 육아를 감당해야 한다는 막막함은 전혀 다른 문제인 것 같아요. — 아오야마 미치코, 《도서실에 있어요》의 나쓰미(전직 잡지 편집자)

A3. 부모로서 제일 끔찍한 게 뭔지 아세요? 최악의 순간을 기준으로 평가받는다는 거예요. 백만 번 잘해도 한 번 잘못하면 공원에서 아이가 그네에 머리를 맞았을 때 휴대폰을 들여다본 부모로 영원히 낙인찍히죠. 며칠 동안 아이한테서 눈을 뗀 적

이 없어도 문자 메시지 하나 확인한 순간 그동안의 가장 행복했던 순간들은 없던 일이 돼요.

— 《불안한 사람들》의 프레드릭 배크만

Q. 그럼에도 불구하고 일 대신 양육과 사랑을 택한 엄마들이 많습니다. 이 점에 대해선 어떻게 생각하세요?

A. 저희 엄마가 가장 자랑스러워한 두 가지 역할, 그러니까 양육과 사랑을 독선적인 태도로 얕잡아봤던 적도 있어요. 양육과 사랑을 택한 사람도, 돈을 벌고 창작 활동을 하는 사람들과 마찬가지로 성취감을 느낄 수 있다는 사실을 도저히 받아들일 수가 없었죠. 그러나 엄마의 예술은 엄마가 사랑하는 사람들에게서 고동치는 사랑이었고, 노래 한 곡 책 한 권만큼이나 이 세상에 기여하는 일, 기억될 가치가 있는 일이었어요. 사랑 없이는 노래도 책도 존재할 수 없으니까요.

— 《H마트에서 울다》의 미셸 자우너

Q. 노래 한 곡, 책 한 권만큼이나 가치가 있는 일이 가사와 양육인데요. 자본주의 사회에서는 전업주부의 가치가 과소평가되고 있죠. 이렇게 과소평가된 전업주부의 삶을 어떻게 재정의할 수 있을까요?

A. 가족을 위한 삶이 무의미한 것은 아니죠. 하지만 가족이 인생의 전부가 되어서는 안 된다고 봐요. 아무리 사랑하는 가족이라도 그들의 삶과 나의 삶은 구분되어야 합니다. 내가 있어야 가정도 있는 법이니까요. 내가 아닌 타인을 위해 존재하는 삶은 분명 한계가 있어요. 아무개의 엄마가 아니라 당당하게 자신의 이름 석 자를 내걸 수 있는 주체적인 삶을 꿈꿔야 해요.

— 《오늘 엄마가 공부하는 이유》의 작가 이미애

Q. 저도 그 한계에 부딪힌 경험이 있어서 작가님 말에 더 공감이 가네요. 그런데 누구의 엄마가 아니라 내 이름을 걸 수 있는 주체적인 삶을 살려면 먼저 우리가 겪고 있는 좌절에서부터 일어나야 할 것 같아요. 가사와 육아, 경력 단절이라는 현실 앞에서 절망한 많은 엄마들에게 필요한 게 있다면 뭘까요?

A1. 다른 누구의 위로보다 내 위로가 절실했어요. 글이 나에게 그 위로란 걸 해줬죠. 심통이 나 삐죽대던 마음이, 힘들고 지쳐 비틀대던 몸이 글을 쓰자 그제야 서로를 보듬기 시작했어요. 글은 내 대나무 숲이 되어주었죠. 글이 된 내 마음은 나를 쓰다듬으며 내게 그렇게 해도 괜찮다고 말해주었어요. 아등바등하는 나도, 그렇지 않은 나도, 있는 그대로 받아주더라고요. 모든 게 멈춘 듯한 지금도 다 의미 있는 시간이라고, 그 무엇도 다 괜

찮다고 내게 말해줬어요. 글을 쓰며 저는 나와 사이가 좋아졌답니다. — 《나는 나와 사이가 좋다》의 작가 김수정

A2. 소설을 쓰면서 불행한 삶에서 벗어나 나 자신을 직시할 수 있게 되었어요. 내가 만약 소설 쓰기를 통해 나의 세계를 찾아내지 못했다면 여전히 다른 사람들이 만들어놓은 세계에서 무의미한 시간을 보내다가 생을 마치게 되었을지도 모르죠.

— 기욤 뮈소, 《인생은 소설이다》의 플로라 콘웨이

Q. 그러니까 두 분의 말을 정리해보면 나를 위로할 무언가를 찾아야 한다는 거군요. 그것이 글이 될 수도 있고 그림이 될 수도 있고 노래나 춤이 될 수도 있겠고요. 타인의 위로보다 자신이 스스로에게 건네는 위로가 더 중요하다는 생각이 듭니다. 그런 의미에서 보면 저도 지금 책과 글을 통해 나 자신과 화해해가고 있는 중인데요. 나와 조금씩 친해지다 보니 잃어버린 꿈도 되찾게 되더라고요. 하지만 솔직히 두렵기도 해요. 아직은 여러모로 부족하거든요. 거기에 대해 해주실 말은 없을까요?

A1. 전 보다시피 이렇게 부자연스럽습니다. 모두가 제 꿈을 꾸고 극한의 자유를 느꼈다는 찬사를 보낼 때 어린 저는 자유의 불완전함에 대해 생각했습니다. 꿈에서는 걷고 뛰고 날 수도 있지만 꿈에서 깨어나면 그렇지 못합니다. 바다를 누비는 범고

래는 땅에서는 자유로울 수 없고, 하늘을 나는 독수리는 바다에서 자유롭지 못하죠. 정도와 형태의 차이만 있을 뿐 모든 생명은 제한된 자유를 누립니다…. 여러분을 가둬두는 것이 공간이든 시간이든 저와 같은 신체적 결함이든 부디 그렇게 집중하지 마십시오. 다만 사는 동안 여러분을 자유롭게 할 수 있는 무언가를 찾는 데만 집중하십시오. 그 과정에서 절벽 끝에 서 있는 것처럼 위태로운 기분이 드는 날도 있을 겁니다. 올해의 제가 바로 그랬죠. 저는 이번 꿈을 완성하기 위해 천 번 만 번 절벽에서 떨어지는 꿈을 꿔야 했습니다. 하지만 절벽 아래를 보지 않고 절벽을 딛고 날아오르겠다고 마음먹는 그 순간, 독수리가 되어 훨훨 날아오르는 꿈을 완성할 수 있었죠. 당신의 인생에도 이런 순간이 찾아오길 기원합니다.

— 이미예, 《달러구트 꿈 백화점 1》의 킥 슬럼버

A2. 두렵습니까? 그럼 하지 마세요. 결심했습니까? 그럼 두려워하지 마세요…. 해보지도 않고 '과연 할 수 있을까', '괜히 했다가 실패하는 것은 아닐까?' 이런 조바심 때문에 사람들은 꿈을 좇는 것을 두려워하죠…. 꿈을 죽이는 세 가지 변명이 있습니다. 첫 번째는 '시간이 부족해'이고, 두 번째는 '지금도 괜찮아'입니다. 세 번째는 '평화로워'죠. 꿈을 포기하면 아주 잠깐은 평화로울 겁니다. 그러나 곧 몸과 마음은 병들게 됩니다. 주

266

위 사람에게 독하게 굴다가 끝내는 스스로를 파괴해버리겠죠. 질까 봐 좌절할까 봐 같은 비겁한 마음 때문에 멋진 싸움을 피한다면 결과는 참혹할 뿐입니다.

— 파울로 코엘료, 《내가 빛나는 순간》

Q. 시작도 하기 전에 두렵다는 이유로 포기를 먼저 생각한 제가 부끄럽네요. 그럼 단도직입적으로 여쭙겠습니다. 왜 서점을 하시나요?

A1. 서점은 올바른 종류의 사람들을 끌어당겨요. 에이제이나 어밀리아 같은 좋은 사람들. 그리고 난 책을 좋아하는 사람들과 책 얘기를 하는 게 좋아요. 종이도 좋아하고, 종이의 감촉, 뒷주머니에 든 책의 느낌도 좋고요. 새 책에서 나는 냄새도 좋아합니다. — 개브리얼 제빈, 《섬에 있는 서점》의 책방지기

A2. 동네 서점을 운영하는 건 길 없는 길을 걷는 것과 다를 바 없다고 생각했어요. 어떻게 운영해야 좋을지 그 누구도 확신에 차 조언해줄 수 없는 사업 모델, 그래서 동네 서점 사장들은 하나같이 '오늘만 사는 삶'이라며 미래를 예측하길 조심스러워하죠. 동네 서점이 앞으로 어떻게 될지는 아무도 알 수 없어요. 그럼에도 동네 서점은 꾸준히 늘어나고 있는데 어쩌면 동네 서점이란 사업 모델은 지나갔거나 다가올 꿈같은 개념으로 자리

잡을 수 있겠다는 생각이 드네요. 누군가 삶의 어느 시점에 꿈을 꾸듯 동네 서점을 여는 것처럼요. 제가 외국의 독립책방을 둘러보며 깨달은 점은 모든 책방이 자기만의 개성을 가지고 있다는 점이었어요. 그리고 개성은 책방 주인에게서 나왔는데 개성을 만들어가는 데 필요한 건 용기더라고요. 주인의 용기가 손님에게 가닿기 위해 필요한 건 진심이고요. — 황보름, 《어서 오세요 휴남동 서점입니다》의 영주

Q. 모든 사람이 책을 좋아하지 않듯 책방도 모든 사람이 좋아할 수 있는 공간은 아니겠지만 저도 꿈을 꾸듯 책방을 열어볼까 합니다. 책과 책방을 사랑하는 한 사람으로 새로운 인생을 시작하는 저에게 한마디해주신다면요?

A1. 당신은 놀라운 발명품이며 누군가의 기쁨이고 값으로 따질 수 없는 진귀한 보석이며, 신은 결코 하찮은 존재를 만들지 않습니다. — 허버트 뱅크스

A2. 나중에 인생을 돌아볼 때 '젠장, 해보기라도 할걸'이라고 말하는 것보다는 '세상에 내가 그런 짓도 했다니'라고 말하는 편이 낫겠지요? — 루실 볼

(더 많은 책과 작가들의 인터뷰 답변이 예상되지만 지면상의

한계로 인터뷰는 여기까지 하겠습니다. 인터뷰에 응해주신 모든 작가님들에게 감사드립니다. 조언과 응원에 힘입어 주어진 삶을 더 열심히 달려보겠습니다.)

첫 원고를 썼을 때쯤엔 나 자신이 전업주부인 게 싫었다. 정확히 말하면 무능한 전업주부라는 스크래치가 늘 마음 한구석에 있어서 더 부정적이었을 것이다. 1년이 지난 지금도 난 여전히 전업주부다. 하지만 더 이상 부정적이지도 자조적이지도 않다. 물론 이 글이 책이 되고, 조만간 책방지기라는 나의 일이 생길 것이라는 꿈에 부풀어 있기도 하지만 전업주부란 딱지를 뗄 생각은 추호도 없다. 1년이란 시간 동안 낮워킹맘들과 함께 많은 일들을 저지르면서 전업주부를 뺀 다른 인생이 아니라 전업주부에 플러스된 인생을 살아보기로 한 것이다. 내 일이 소중한 만큼 내 가정도 소중하니까. 그리고 그것이 진정한 낮워킹맘일 테니까.

by 정오

269

책은 두꺼운 명함

"예전에 어떤 직업을 가져봤어요?"

언젠가 글쓰기 모임 중에 전보라 작가가 우리에게 물어본 말이다. 현재 무슨 일을 하는지 물어보는 것만큼 얼굴이 붉어지는 질문이었다. 지금껏 내로라하는 직업이 없었기 때문이다.

대학을 좋은 성적으로 졸업했지만 미래의 꿈은 없었다. 자기소개서를 써보고 면접 준비를 하던 남들과 같은 길을 걷지 않은 이유는 하나였다. 내가 원하는 것을 아직 찾지 못했기 때문에. 똑같은 고민을 반복해봐도 내가 무엇을 잘하는지, 무엇에 관심이 있는지 알지 못했다. 그래서 결국은 어떤 선배가 걸어간 발자국을 따라 걷듯, 나도 무작정 대학원에 들어갔다. 어릴 때부터 부모님은 내가 선생님이 되길 바랐기 때문에 나의 도전을 흔쾌히 지지해주셨다. 지금까지 해왔던 대로 열심히 공부해 대학원을 졸업하면, 자동으로 선생님이란 직업을 갖게 될 거라 생각했다. 하지만 두 번의 실패를 맛보았고 결국 나는 아무것도 얻은 것 없는 패배자로 나이를 먹었다.

수학교사로 몇 년 근무하긴 했지만, 미래가 보장된 안정적인 사람들과 다르게 나에게는 계약기간이라는 것이 있었다. 학기가 끝날 때 즈음이면 다른 학교에 빈자리가 있는지 알아봐야 했고, 선생님이나 학생들과 정이 들라 치면 헤어져야 하는 것이 나의 인연이었다.

당장이라도 나뭇가지에서 떨어질 듯 위태로운 마른 낙엽 같은 삶마저도 임신과 출산으로 끝이 났을 때, 이제 내가 할 수 있는 것은 딱 하나라고 생각했다. 현모양처가 되어 남편을 잘 내조하고, 가족을 위해 따뜻한 음식과 안락한 휴식을 만들어주는 사람으로 사는 것. 누군가의 아내이자, 누군가의 엄마로 언제나 비서이자 대변인 같은 존재로 사는 것(지금 생각해보면 뭐든지 다시 도전해볼 수 있는 나이였지만, 나는 어떠한 도전도 생각해보지 않았다. 그 이유도 내겐 꿈이 없어서였다).

하지만 전업주부로 사는 동안 나는 많이 외로웠고, 힘에 부쳤다. 무엇보다도 대화 상대가 한정적이라는 게 힘들었다. 혼자 남겨진 반려견처럼 이 집의 주인들이 오기만을 기다리는 것 같기도 했다. 또래 엄마들과 수다를 떨거나 취미 모임을 가져보기도 했지만 그곳에서 나눌 수 있는 언어도 한정적이었다. 지금 글 쓰는 일을 하게 된 것은 어딘가에 내 마음을 풀어놔야 했기 때문일 것이다. 묵음의 단어들이 어딘가에 갇혀 속박되지 않고 자유롭길 바라며.

하연: "정선 님은 처음 글쓰기 모임을 시작했을 때에는 작가의 꿈을 갖고 있었던 게 아니었잖아요. 그런데 어느 순간부터 작가에 대한 꿈이 명확해지고 커지는 게 느껴졌어요. 그렇지 않나요?"

정선: "그랬죠. 처음에는 SNS에 글을 올릴 때 어설프게 쓰고 싶지 않아서 신청한 거였는데 어쩌다 에세이도 써보고 곧 출간 작가가 되네요. 이제는 정말 글을 잘 쓰고 싶은 욕심이 생겼어요. 이렇게 꿈을 품어도 되겠죠?"

정오: "나는 작가라는 정체성을 예전에 가져본 적이 있어요. 책을 안 냈을 뿐이지 이걸로 작가가 되기 위한 것은 아니었죠. 그런데 이제 보니 정선 님은 단기간에 꿈을 이룬 사람이네요."

보라: "글쓰기 모임에서도 정선 님이 제일 적극적이었어요. 수정도 제일 많이 하고 책을 준비하는 과정에서도 더블체크도 하고. 그런 열정이 괜히 나오는 게 아니잖아요? 정선 님

은 글을 쓰면서 재능을 발견했다고 생각해요. 책을 읽는 일
만 해오다가 쓰는 사람이 된 거죠. 축하해요."

나는 조용히 그들이 껴주는 팔짱에 기분이 좋아 걸었을 뿐
이다. 어디에 속해 있는 것 같은 그 느낌이 좋았다. 좋아서 계속
그들과 함께했고, 그들처럼 쓰려고 매일 노트북 앞에 앉았다.
집에서만 있다가 산책 나온 기분이었다. 글을 쓰는 시간들이 매
번 새롭고 즐거웠다. 넷이서 함께 써가는 글은 여전히 한정적인
언어들로 채워졌지만 그것을 바꿔보자는 마음도 생겼다. 그들
은 내게 쓸 준비가 된 사람이라고 했지만, 나는 그렇게 생각하
지 않는다. 전업주부의 일도 노력 없이는 할 수 없는 것처럼 글
을 쓰는 일도 그렇다. 아니, 모든 일이 그렇다. 시간과 정성을 들
여야 한다.

글쓰기 모임이 있던 2021년 어느 가을날이 떠오른다. 하연
과 모임 이후에 처음으로 카페에 간 날이었고, 아직 우리는 친
하지 않은 상태였다. 아이스 아메리카노 두 잔을 주문했는데 커
피가 담긴 낮은 유리잔이 예뻐 감탄을 했었다. 그 유리잔은 다
른 유리잔과 비슷한 생김새였지만, 위쪽 주둥이가 물결 모양의
프릴을 단 것처럼 올록볼록했다. 목이 타서 빨리 빨대를 꽂고
커피를 마시려는데, 하연은 급하게 "에잇, 그건 반칙이지"라고

말하며 내 손목을 잡았다.

"입술도 다른 것들과 뽀뽀하면 얼마나 기쁘겠어요? 입술에게도 선물을 줘야죠! 오늘은 빨대로 마시지 맙시다!"

물결 모양의 특이한 컵에 담긴 커피는 다른 방법으로 마셔야 한다는 것이 그의 위트 있는 철학이었다.

내가 작가가 되기로 마음먹은 이유 중 하나가 이런 재미있는 발견이었다. 내 인생의 소중한 찰나들을 하연을 따라 섬세한 오감으로 받아들이자 글로 표현하고 싶었다. 뭐든 제한하고 한정 짓던 직육면체 현실에서 벗어나 꿈이 가득한 3차원의 메타버스로 소환되는 것 같은 기분. 그 기분을 어딘가 갇혀 있는 사람에게도 나눠주고픈 마음에서.

앞으로는 더 많은 노력을 해야 할 것이다. 글을 쓰고 책을 내기까지의 모든 수고로움을 정오, 하연, 보라와 4분의 1로 쪼개어 나눠 가졌다면, 앞으로는 나 혼자 짊어져야 할 몫일 테니. 하지만 지금까지 내 이름 대신 불렸던 조교님, 선생님, 신부님, 산모님, 어머님, 고객님, 회원님보다 '작가님'이란 호칭은 꽤 괜찮은 것 같다. 내가 한 일이 눈에 보이는 물성으로 남는다는 것, 그 물성이 내게는 크나큰 행복의 보상이었음을 알기에 나는 달려야 한다.

책은 '나를 보여주는 제일 두꺼운 명함'이 될 것이라고 낮춰킹맘 멤버들이 말해줬다. 그런 의미 있는 직업이 내게도 생긴 것이다. 감사하게도.

by 정선

새로 쓰는 이야기

—

지금 이 시간 글을 쓰는 기분은 조금 다르다. 책임감이 느껴진다고 할까? 작년 이맘때 글쓰기 모임에서 썼던 '우리들의' 원고가 모여 '우리는' 용감하게(절대 나 혼자서는 못했을 일) 투고를 했고, 그렇게 투고한 원고가 책으로 나오게 것이다. 설마 했는데 통장에 계약금이 입금된 걸 보고서야 실감이 났다. 우리가 제대로 사고를 쳤다는 걸. 그리고 지금은 내가 아니라 우리가 주어가 된 글을 쓰는 중이다. 나의 이야기가 우리의 이야기가 된 것이다.

앞에서도 얘기했지만 지난해는 나에게 가장 힘든 시간이었다. 자꾸만 밑바닥으로 가라앉던 내게 던져진 동아줄. 그건 동네 작은 책방에서 꾸려진 소소한 글쓰기 모임이었고 그것을 붙잡을 때까지만 해도 난 아무런 희망이 없었다. 자주 가던 책방의 인스타그램에 올라온 공지를 보자마자 무슨 정신이었는지 바로 신청을 했다. 무엇이라도 붙잡아야만 했던 것 같다. 그때는 앞으로 어떤 일이 벌어질지 짐작도 못했다.

코로나19 때문에 4인까지만 가능했던 우리 모임은 일하진 않지만 일하고 있는 엄마들, 현직 전업주부나 무언가를 끊임없이 갈망하는 엄마들이었는데 지금 생각해보면 우리의 만남은 운명이었다. 우린 매주 한 번 '낫워킹맘'이라는 이름으로 함께 책을 읽고 글을 썼다. 나는 매주 수요일을 기다렸다. 수요일 전날은 밤늦게까지 노트북 앞에서 씨름하며 시간을 보냈는데 힘들기는커녕 살 것 같았다. 숨통이 트이는 기분. 얼마 만에 느껴본 감정인지. 내일 죽어도 미련이 없을 것 같은 내게 내일까지 마쳐야 할 나의 일이 있다는 게 살아갈 이유가 될 줄 누가 알았을까? A4 한 장의 글이 뭐라고.

돌다리도 두들겨보고 결국 안 건너는 사람이 있다면 그건 아마 나란 사람일 것이다. 평소에도 무엇인가를 시작할 때는 남들보다 몇 배의 시간과 에너지가 든다. 구더기 무서워 장 못 담근다고 실패가 두려워 시작조차 못하는 찌질한 인간이었던 것이다. 대학을 졸업하고 공중파 방송국에서 내로라하는 톱스타들과 일을 하며 콧대가 하늘 높은 줄 몰랐던 방송 작가 시절은 까마득한 역사가 되었고, 결혼을 하고 아이를 키우면서 내가 할 수 있는 나만의 일이란 고작 집에서 책 읽기가 전부였다. '경단녀'에게 그렇듯 나에게도 세상의 장벽은 높게만 느껴졌다. 어느 날은 남들처럼 카페라도 가서 책을 볼까 싶다가도 유난스럽게 보일 것도 같고, 커피 값만 낭비하는 것 같아 카페 문 앞에서 서성거리다 돌아선 적도 한두 번이 아니었다. 그런 내가 글을 쓰고 투고를 한다고? 그건 상상도 못할 일이었다. 그런데 그런 내가 변했다. 아니 변해가고 있다. 아이 친구 엄마의 권유로 인스타그램을 시작하면서(카카오 스토리 이후로 SNS도 단절) 나만의 독서 강도를 높여갔고(인스타그램에 '오늘도 잘 읽었습니다'라는 북스타그램을 시작) 동네 책방들의 존재를 하나둘 알게 되면서 책방 투어도 시작했다. 대중교통이 닿는 곳이라면 어디든, 어떻게든 찾아갔다. 그러면서 '언젠가 기회가 된다면 나도 책방을 하고 싶다'라는 꿈을 나도 모르게 키워가고 있었다. 하지만 나는 MBTI의 I 아닌가. 이런 얘기를 가족에게 꺼내는 것조차 쑥스러웠던 내가 어느 날 선포 아닌 선포를 했다.

"나 책방 할래!"

물론 처음 이 얘기를 꺼냈을 때의 반응은 무관심에 가까웠다. '아, 그래?' 하는 분위기랄까? 그냥 지나가는 소리려니 했는지 누구 하나 진지하게 들어주는 사람이 없었다. 몇몇 지인들만 덕담처럼 한마디씩 해줬다. 하면 잘 어울릴 것 같다고. 오기였을까? 기필코 책방을 하고야 말겠다는 의지가 발동했다. 하지만 나조차도 현실성 제로에 가까운 꿈이라고 생각했음은 이제야 하는 뒤늦은 고백이다. 내가 감히 어떻게?

그런데 오늘 이 글을 쓰고 있는 이유는 책방의 꿈을 향해 한 발짝을 뗐기 때문이다. 학교 다닐 때 눈물을 머금고 포기했던 미술을 취미로 배우는 중이었는데 화실이 있는 동네가 유난히 맘에 들었다. 조용하고 깨끗하고 집에서도 멀지 않고. 그 동네를 지나갈 때마다 저기에 책방 내면 좋겠다고 생각했고 책방 하겠다고 선언한 이후부터는 소심하게나마 소문도 내고 다닌지라 종종 사람들이 내게 물어봤다. 책방은 어떻게 되어가느냐고. 사실 선포했을 때나 지금이나 달라진 건 하나도 없다(마음의 세팅은 진즉에 끝났지만). '여전히 돌다리만 두드리고 있답니다'라고 속으로 말하면서 겉으로는 웃었다. 어느 날 미술 선생님도 책방은 어떻게 되어가느냐고 물으셨다.

"아직 마땅한 장소를 못 찾아서요. 이 동네에서 하고 싶은데 혹시 추천해주실 만한 곳이 있을까요?"

아마 선생님도 궁금해서 그냥 물어보았을 텐데 난 무슨 생각으로 이 말을 했을까? 하지만 무슨 일이든 소문내고 볼 일인가 보다. 그 자리에서 선생님은 정보를 하나 주셨고 나는 그 길로 달려갔다.

"가게 내놓으실 거예요? 그럼 저에게 넘기세요."

샌드위치를 주문하는 손님이 대뜸 이렇게 말하니 가게 주인도 당황한 모습이었다. 하지만 가게를 들어서는 순간부터 그곳은 이미 나의 책방이었다. 처음 보는 사람에게 나의 마음과 연락처를 막무가내로 건네주고 명함을 챙겨왔다. 맛있는 에그샌드위치와 함께.

사실 아직 결정된 것은 하나도 없다. 실현된 꿈을 이야기하고 싶은 것도 아니다. 그럼에도 불구하고 이렇게 신이 나서 글을 쓰는 건 여기에 오기까지 세상에 그냥이란 건, 우연이란 건 없다고 생각해서다. 혼자 책을 읽는 데 한계를 느껴 독서 모임을 갈망했을 때 '산 위에 동네'라는 책방이 생겼다. 한 달에 한두 번 발걸음을 하다가 사장님과 말문을 텄고 독서, 글쓰기 모임을 연다는 말에 거의 1번으로 신청했다. 그리고 지금의 엄마들을 만났다. 게다가 그 책방에서 우연히 본 지역 잡지에서 지금 다니고 있는 화실의 기사를 보고 미술도 다시 시작했다. 이 모든 게 동네의 작은 책방에서 시작된 기적이다. 하지만 기적은 하루아침에 이루어지지 않을뿐더러 혼자서도 이룰 수 없다. 그것이 내가 지난 1년 동안 배운 소중한 교훈이다. 함께하는 엄마들의 응원과 지지가 없었다면 나는 여전히 책만 파고 있었을지 모른다.

다시 한번 공동체의 소중함을 느낀다. 겨자씨 같던 한 사람의 꿈이 싹을 틔우고 이파리를 내며 조금씩조금씩 성장하기까지는 공동체가 필요했다. 사람은 혼자 살 수 없음을, 서로 연대

함으로써만 개인도 인생도 확장될 수 있음을 다시 한번 깨닫게 됐는데 내가 두드리고만 있던 돌다리를 건널 수 있었던 것도 바로 공동체의 힘이 있었기 때문이다. 누군가는 나보다 한발 먼저 건너가면서 안심시켜주었고, 누군가는 내 손을 잡아주었고, 누군가는 뒤에서 할 수 있다고 계속해서 응원해주었다. 그 덕분에 나도 이제 한 발 한 발을 떼어 건너는 중이다. 이 다리를 건너기까지 얼마나 많은 시간이 걸렸는지. 항상 같은 자리에서 망설이고 주저하고 포기하던 내 모습이 선하다. 낫워킹맘들이 없었다면 난 여전히 그 자리에 머물러 두드리고만 있었을 것이다. 내게 낫워킹맘은 하늘이 준 선물이며 동역자同役者들이기에 그저 감사할 뿐이다.

나의 이야기가 누군가에겐 소소한 미담 같은, 그냥 그렇고 그런 이야기일 수 있다. 하지만 이 이야기가 소중한 건 여기서 끝이 아니라 지금부터 시작이라는 것이고 나의 이야기에서 우리의 이야기가 됐다는 것이다. 그리고 이 기적의 씨앗은 민들레 홀씨처럼 날아가서 우리와 비슷한 누군가의 마음에 심겨질 것이고 기적은 또다시 이어질 것이다. 책을 내고 작은 책방을 오픈하는 것에서 멈추지 않을 것이다. 사람과 사람, 비전과 현실 사이의 연결고리를 만들어가고 싶다. 이 글을 읽고 있는 당신과 나도 그렇게 연결되었으면 좋겠다. 그게 나의 포부이며 낫워킹맘의 미래다.

모든 인생은 날마다 처음이다. 누구도 부정할 수 없는 사실이다.
우리는 매일 처음을 산다. 이 얼마나 신나는 일인가.
십 대도 육십 대도 오늘은 처음이다.
그러므로 오늘 당장 무엇을 시작하더라도 그 무엇을 실패하더
라도 모두 처음이니 아무렴 어떨까.
— 이은정, 《쓰는 사람, 이은정》 중에서

by 정오

—

엉킨 실타래를 풀면

여자의 인생에만 존재하는 변곡점이 있다. 결혼과 임신, 출산과 육아로 이어지는 생의 주기 앞에서 여자의 인생은 쉬이 흔들린다. 엉킬 대로 엉키어버린 실타래처럼 꼬여 어디서부터 잘못되었는지 분간하기 어려운 여자의 일생을 조금씩 풀어보다 보면 아내에서 '엄마'가 되었을 때 뭉친 실뭉치를 발견하게 된다.

나 홀로 엉킨 실타래를 부여잡고 골몰하던 중 나와 비슷한 사람들을 만났다. 우리는 모두 엄마이면서 주부였고, 또 엄마이면서 주부로만 살고 싶지 않은 사람들이었다. 우리는 아직 저마다의 실타래를 여전히 가지고 있다. 다만 한쪽 손끝에는 헝클어진 실의 첫머리를 쥔 채로 말이다.

엉킨 실타래를 다 풀고 나면 아무것도 없는 것이 아니라 풀린 실이 남는다. 엉킨 실타래를 푸는 것보다 중요한 것은 풀린 실로 무언가를 다시 만들어내는 것 아닐까?

그 무언가는 누군가의 손을 따뜻하게 해줄 장갑이 될 수도 있고, 나를 좀 더 멋지게 포장해줄 드레스가 될 수도 있다. 그것이 어떤 모양으로 완성될지 아직은 모른다.

하지만 중요한 것은 완성된 모양이 무엇이든 실타래를 엮어 가는 일, 그 자체다.

혼자 책을 쓸 때와 달리 함께 책을 쓰는 일은 훨씬 더딘 작업이었다. 일필휘지로 글이 써지는 사람이 있는 반면, 밤새 몇 장의 글을 써놓고 다음 날 지워버리는 사람도 있었다. 서로의 글을 읽고 고칠 점을 표시해서 보내주기도 하고 어떤 날은 그저 감탄으로 응원해주기도 했다. 그러는 사이 계절이 두 번 바뀌고 기어 다니던 아이는 땅을 딛고 뜀박질을 한다.

"우리 이야기로 책을 한번 써봐요."

호기롭게 제안한 나의 손을 뿌리치지 않고 끝까지 잡고 와주어 함께 물을 맞추고 뜸을 들인 덕분에 우리가 지어낸 글밥들이 맛있게 익었다. 이제는 잘 지어진 글밥을 먹일 차례다. 우리 엄마들이 가장 잘하는 일, 사랑하는 이들을 먹이는 일.

by 보라

왼쪽부터 박정선, 전보라, 고하연, 이정오

#낮워킹맘

초판 1쇄 펴냄 2023년 3월 10일

지은이 전보라 고하연 박정선 이정오
펴낸이 이영은
교정 오효순
홍보마케팅 김소망
디자인 석윤이
제작 제이오

펴낸곳 나비클럽 | 출판등록 2017.7.4.(제25100-2017-0000054호)
주소 서울특별시 마포구 동교로 22길 49 2층
전화 070-7722-3751 | 팩스 02-6008-3745
메일 nabiclub17@gmail.com
홈페이지 www.nabiclub.com
페이스북 @nabiclub
인스타그램 @nabiclub

ISBN 979-11-91029-66 03810